Thomas Sautner
Das Mädchen an der Grenze

AF203319

atb aufbau taschenbuch

THOMAS SAUTNER, 1970 geboren, lebt als Autor in seiner Heimat, dem nördlichen Waldviertel, und in Wien. Neben zahlreichen Essays und Erzählungen schrieb er u. a. die Bestseller »Fuchserde« und »Milchblume«, die im Aufbau Taschenbuch vorliegen, ebenso wie seine Romane »Fremdes Land«, »Der Glücksmacher« und »Die Älteste«. Mehr zum Autor unter www.thomas-sautner.at

Malina, die mit ihrer Familie im Waldviertel in einem alten Zollhaus an der tschechoslowakischen Grenze lebt, ist den Leuten im Ort fremd. Sie kann spüren, was andere empfinden, und die Dinge zerfallen vor ihren Augen, verlieren Form und Farbe. Sie wird deshalb selbst von der eigenen Familie für verrückt gehalten und erfährt Ablehnung. Doch als Malina beim Spielen mit ihren Geschwistern über die Grenze läuft, obwohl das streng verboten ist, und von den tschechoslowakischen Grenzern aufgegriffen wird, ist es ausgerechnet der ruppige Vater, der sich über alle Befehle hinwegsetzt und mit seinem Fahrrad über die Grenze fährt, um seine Tochter zurückzuholen.

Thomas Sautner

# Das Mädchen an der Grenze

Roman

atb aufbau taschenbuch

**MIX**
Papier aus verantwor-
tungsvollen Quellen
**FSC® C083411**

ISBN 978-3-7466-3650-4

Aufbau Taschenbuch ist eine Marke der Aufbau Verlag GmbH & Co. KG

1. Auflage 2019
© Aufbau Verlag GmbH & Co. KG, Berlin 2019
© Picus Verlag Ges.m.b.H, Wien
Umschlaggestaltung www.buerosued.de, München
unter Verwendung eines Bildes von © Vyacheslav Chistyakov / plainpicture
Satz LVD GmbH, Berlin
Druck und Binden CPI books GmbH, Leck, Germany
Printed in Germany


www.aufbau-verlag.de

*Mir träumte letzte Nacht.*

*Ich stand vor einer unbekannten Grenze. War am Beginn eines Buches angelangt. Seine ersten Seiten öffneten sich lebensgroß vor mir, mächtige Lettern aber warnten: Keinen Schritt weiter! Ich achtete nicht darauf, schritt einfach voran, schritt ins Buch. Welch Leichtfertigkeit, welch verstörender Fehler. Welch Leben!*

ERSTER TEIL

# Die Grenze

# 1

Als Kind bemerkte ich, dass die Dinge nur existierten, wenn ich an sie glaubte. Es geschah, dass ein Apfel, eine Puppe, manchmal ein ganzes Zimmer, eine ganze Landschaft vor meinen Augen zu flimmern und zu zittern begann. In solchen Momenten befand sich die Welt zwischen den Möglichkeiten, zwischen Sein und Nichtsein. Ich musste nur hinsehen und sie als jene Täuschung wahrnehmen, die sie im Grunde war, dann verschwand sie ganz.

Die Sonne half mir. Ihre Strahlen griffen wie glitzernde Finger nach den Dingen. Sie berührten mein Wasserglas auf dem Frühstückstisch und schon begann es zu flirren und zu schwingen. Form und Farbe … zerwackelten. Sie verblassten oder verschwanden nicht einfach, sie zerwackelten. Aus schimmernden Plättchen bestand das Wasserglas dann. Nach und nach zerfiel es in immer kleinere Plättchen und schließlich ging es ganz schnell, die

Plättchen teilten und teilten sich, und: verschwunden waren die Dinge. Das Glas Wasser vor meiner Nase. Weg.

»Wieso trinkst du nichts?«, fragte Mutter. Sie griff ins Leere, was sie nicht zu bemerken schien, schob auf der Tischplatte ihre hohle Hand zu mir.

»Du sollst mehr trinken, das weißt du doch. Trink dein Wasser.«

»Hörst du deine Mutter nicht?«, fragte Vater streng. »Du sollst dein Wasser trinken.«

Ich starrte ins Leere.

»Verdammt, bist du taub oder willst du uns ärgern? Trink dein Wasser!«

Ich fühlte, wie die Angst mich starr machte, und blickte in Vaters Gesicht. Warum war er nur so zornig wegen nichts? Ich wollte ihm helfen, mir helfen, auch Mutter, und meinen Schwestern, die ihre Köpfe einzogen. Ich griff dorthin, wo meiner Erinnerung nach Mutters Hand gewesen war.

»Ist das Mädel blind?!«, schrie Vater, fuhr über den Tisch in meine Richtung und dann sah ich, und zwar so, als würde die Zeit gebremst, seine aufgerissenen Augen, seine hervortretenden Adern, seine behaarte Hand, wie sie langsam, ganz langsam auf mich zukam und vor mir niederging. In Vaters Hand bekam das Glas Wasser wieder seine Form. Er knallte es so heftig vor mich hin, dass die Hälfte des Inhalts auf die Tischplatte schwappte und von dort auf meine schöne rote Strumpfhose rann, die ich zum Geburtstag bekommen hatte. Ich erschrak vor der Macht der Dinge, der Geschwindigkeit der Zeit. Ich trank.

Wenn ich alleine war und niemand etwas herbeidachte, blieben die Dinge verschwunden.

In meinem Zimmer etwa. Ich saß auf dem Bett und schloss für eine Weile die Augen. Dann öffnete ich sie. Und schloss sie wieder. Ich weiß nicht mehr, weshalb ich es tat, womöglich verglich ich meine äußeren mit meinen inneren Bildern.

Etwas Wind kam auf. Wenn ihm danach war, griff er durch die weit geöffneten Flügelfenster bis an mein Gesicht, meine Haare und ließ, obwohl es gar nicht kalt war, eine Gänsehaut auf meinen Armen entstehen. Der Wind spielte auch mit den Gardinen und der schimmernden Krähenfeder, die ich mit einem violetten Faden an die Vorhangstange gebunden hatte. Lange saß ich reglos und stumm, mit untergeschlagenen Beinen.

Im Zimmer wurde es allmählich klar. Schräg hereingleitende Sonnenstrahlen begannen, einen Teil der gemusterten Tapete zu erhellen, das Regal über meinem Bett, die Giraffe darauf, mein lackiertes Holzmännchen Jakob, die Bilderbücher und die

Schneekugel mit dem betenden Mädchen darin, das ich, die Kohlrabenschwarze, immer für seine unglaublich blonden Haare beneidet hatte.

Es begann mit Jakob. Ich war im Irgendwo gewesen, in Gedanken, und bemerkte im Augenwinkel, dass das Holzmännchen zu zerwackeln begonnen hatte. Als ich ganz hinsah, war es kaum noch zu erkennen – und weg. Ich wusste, was weiter geschehen würde, und blickte zur Giraffe, die auch zu flimmern begann, in Plättchen und immer kleiner werdende Plättchen zerfiel, bis sich ihr Bild aufgelöst hatte. Dasselbe geschah mit den Büchern, dem blonden Schneekugelmädchen, dem Holzregal, und nun lösten sich auch Flecken in der gemusterten Tapete direkt neben mir, und mit ihr zerflimmerte, zerwackelte die ganze Wand. Ich blickte ins Freie, konnte nun bis zum Wald sehen, auch ganz deutlich die Wiese erkennen und die Sandstraße, die zu unserem Haus führte. Mutter stand dort, sprach mit einem von Vaters Zollwachekollegen, ich bemerkte, dass es jener war, den Vater nicht mochte, und sah rasch weg, zurück in mein Zimmer, doch das gab es nicht mehr, es war schon zerwackelt. Nichts hielt meinen Blicken stand, überall verschwanden die Dinge, selbst der Wald rundum löste sich auf, bis weit zum Horizont flirrte, flackerte, zerfiel die Welt. Alles, was rund um mich blieb, war bis in die tiefsten Tiefen gestaffeltes, nachtschwarzes Nichts. Heute wundere ich mich darüber, wie ruhig ich es nahm. Mit einer gelassenen Neugier beobachtete ich die Auflösung der Welt. Nicht besorgt, nicht verunsichert oder gar ängstlich war mir zumute. Berührt war ich, ja, sonderbar berührt, wie eine Erwachsene, eine Großmutter, und nicht wie ein kleines Mädchen, über das Ende der Dinge. Unzweifelhaft schien mir, dass die Auslöschung echt war und nicht bloß meiner Fantasie entsprang, kein oberflächlicher Traum war es, keine Illusion. Die Illusion, das war der Zustand davor gewesen.

Ich schaute an mir nach unten, doch selbst mein Körper bestand nicht mehr. Mein Sehen ging nicht länger von meinen Augen aus, es schien höher, wie über mir zu sein und war nicht mehr von nur optischer Art, sondern zu einem auslotenden Gefühl, einem Wahrnehmen geworden. Zuschreibungen wie rechts oder links, klein oder groß hatten ihren Sinn verloren. Um mich nämlich war Dunkel, war Nichts. Meine einzige Überlegung lautete, ob ich darin gefangen war oder Teil davon. Ich schloss, so fühlte es sich an, meine Augen und ließ mich fallen, weil ich einverstanden war. Allem stimmte ich zu, allem was kommen mochte, und da wurde es so flammenhell weiß um mich, dass ich zu weinen begann vor Dankbarkeit. Nicht nur die Welt und die Dinge, auch das Dunkel und das Nichts waren Illusion gewesen.

Als ich erwachte, oder soll ich besser sagen: wieder einschlief – schwer zu entscheiden, von welcher Seite aus ich es benennen soll –, sah ich Vater auf mich blicken. Er wirkte aufgewühlter noch als sonst. Wie beiläufig merkte ich, dass er an mir rüttelte, und dann schlug er mir mit der Hand ins Gesicht.

»Was heißt, du hast mich nicht gesehen und nicht gehört?!« Er war außer sich, schrie mich an: »Mit offenen Augen, Malina, mit offenen Augen hast du mich angestarrt! Bist du verrückt, oder was soll das?« Vater zitterte. Wie leid er mir tat.

## 2

Das Haus, in dem wir wohnten, gehörte dem Staat. Es lag weit drinnen im Wald, nahe der Grenze. Am Arsch der Welt, wie Mutter zu Vater sagte, wenn sie dachte, wir hörten es nicht. In meiner Erinnerung war unser Haus eine Burg. Drei Stockwerke hatte es und darüber lag, hinter einer Eisentür, ein riesiger, auch tagsüber düsterer Dachboden, auf dem sich nebeneinander ein Jude und ein Nazi erhängt hatten, wie Lilli wusste, meine älteste Schwester.

Im Haus wohnten noch drei andere Familien von Zollwachebeamten, außerdem zwei alleinstehende Grenzer. Einer von ihnen war deutlich älter als Vater, ein dicker, gutmütiger, onkelhafter Glatzkopf, den fast alle Herr Major nannten, nur Vater sagte Horst. Der andere war jung, etwa so wie Mutter. Er hatte Haare wie aus Heu, ein Grinsen wie aus der Zahnpastawerbung und hieß Kolja, weshalb er Kosake gerufen wurde. Er war es, den Vater nicht leiden konnte. Lange blieb mir rätselhaft weshalb. Noch unverständlicher schien, wieso Vater den Major bat, für die Schicht durch den Wald, weit abseits vom Haus, ausgerechnet ihn zugeteilt zu bekommen. Lilli hatte die Vermutung, Vater bewache nicht nur die Grenze, er bewache auch den Kosaken. Und Mutter fand es lächerlich, dieses Wort gebrauchte sie, lächerlich, dass Vater den Kosaken nicht aus den Augen ließ.

Wir Kinder wuchsen auf wie die Rüben. Frei und wild. Ein einziges Gesetz bläuten uns die Erwachsenen ein: Alles dürft ihr machen, nur geht ja nicht über die Grenze!

Die Grenze. Sie musste der Scheitelpunkt von etwas geheimnisvoll Großem sein, womöglich verbarg sie eine alte, in Vergessenheit geratene Welt. Die Menschen schienen sicherheitshalber jede Berührung mit ihr zu meiden, nie ließ sich jemand von außerhalb bei uns blicken. Niemand aus den umliegenden Dörfern, niemand aus der Stadt. Wir schrieben das Jahr 1988, es war die Zeit des Kalten Krieges und keine hundert Meter von unseren Kinderzimmern entfernt lief jene Linie, von der es hieß, sie habe Bedeutung für die gesamte Welt: jene Grenze, die Demokratie und Diktatur säuberlich auseinanderhielt, Freiheit und Unterdrückung, den Westen und den

Osten. 1989, das Jahr der Öffnung, war – obwohl so nah – undenkbar weit weg, niemand sah es kommen. Schon gar nicht wir, mitten im Wald.

Mutig genug für die Grenze waren nur unsere Väter und wir Kinder. Unsere Mütter blieben lieber im Haus, wagten sich nur bis in den Gemüsegarten und auf die große Wiese mit der Hollywoodschaukel und den Gartensesseln, den Wäscheleinen und dem Holzschuppen. Mitunter griff die Sorge der Mütter auf uns Kinder über. Dann markierte die Grenze auch für uns das Ende der Welt.

Die Grenze. Wir standen vor ihr, saßen vor ihr im Moos und begriffen sie nicht. »Achtung Staatsgrenze!«, stand auf rot geränderten Schildern. Und alle hundert Meter oder, wenn die Grenze Haken machte öfter, war ein Grenzstein im Waldboden vergraben. Davor verlief der ausgetretene Pfad, den unsere Väter tagein, tagaus abgingen, um die Linie in unseren Köpfen zu bewachen. Je länger sie es taten, desto mehr stellte sich heraus, dass ihre Arbeit sinnvoll war, denn zusehends begriffen wir die Grenze besser. Diesseits gab es Leben, jenseits nur den Schatten davon. Diesseits waren wir, jenseits regierte das Fremde.

Dabei sah der Wald drüben genauso aus wie bei uns. Keine Spur vom viel beschworenen elektrisch geladenen Stacheldrahtzaun, keine Spur von Minenfeldern, Stolperdrähten und Wachtürmen. Gewiss, all das, die Väter wurden nicht müde, uns daran zu erinnern, verbarg sich Hunderte Meter hinter dem Wald. Und wir dürften uns keinesfalls täuschen lassen, gefährlich sei schon die Idylle unmittelbar hinter dem Grenzpfad. Trügerisch sei das Fremde.

Wir glaubten es. Und glaubten es doch nicht. Da drüben wuchsen, so weit wir sehen konnten, exakt die gleichen Heidelbeersträucher und Brombeeren, dasselbe Moos und dasselbe Wollgras. Die Fichten, Föhren und Buchen waren Abbilder der unseren. Und obwohl also alles ganz gleichartig schien, reizte uns nichts mehr, als die Grenze zumindest probeweise zu übertreten, da die Väter doch sagten, dass das Drüben ganz und gar anders war.

An jenem Tag, an dem wir die Grenze erstmals überschritten, zuerst nur einen Fußbreit, dann in einem ständigen Hin und Her uns immer weiter und weiter vorwagend, hatte ich offenbar zu wenig Wasser getrunken. Ich verlor das Bewusstsein, kippte wie leblos zu Boden und blutete aus der Nase. Die anderen bekamen es mit der Angst zu tun, ich habe Verständnis dafür, es schien ihnen wie ein Zeichen, eine Strafe, dass ich ausgerechnet zusammenbrach, als wir taten, was uns einzig verboten war. Während meine Schwestern und die anderen Kinder hektisch besprachen, was zu tun sei, kamen die beiden Gestalten aus dem Schattenreich, jenem Teil des Waldes, in dem das Nichts wohnte, die Illusion. Kreischend liefen alle davon, selbst Lilli, die Älteste, unsere Heldin. Ich indes lag hingestreckt auf dem Waldboden. Aus meiner Nase sickerte immer noch Blut. Ich spürte nicht, dass ich aufgehoben und davongetragen wurde.

* * *

Auf der Lichtung, abseits von unserem Haus, lagen eine Feuchtwiese und ein kleiner Teich. Ich war gerne an diesem Ort, er hatte etwas Fürsorgliches. Ich spürte eine sanfte Lebendigkeit von ihm ausgehen, sie umgab mich, bettete mich in Stille. Nach feuchtem Waldboden roch es hier, nach ledrigem Moos, frischem Harz.

Seit Vater mich einmal mitgenommen hatte, ging ich gerne alleine hin. Und beim Teich den langen Steg hinaus. Draußen dann, ganz am Ende, setzte ich mich, ließ die Beine nach unten baumeln und sah aufs Wasser. Vom Torf und den Baumrinden, die sich am Grund auflösten, war der Teich tiefdunkel. Seine Oberfläche aber spannte sich so spiegelglatt und lichthell, dass ich sie nur mit dem Zeh anzutupfen brauchte, um die hoch vorüberschwebenden Wolken zu berühren.

Ich mochte den Teich. Er zog an meinen Waden, als wollte er mich zu sich holen. Und ich mochte den Himmel, der mein Gesicht zu sich hob. Nur weil beide mich riefen, das Wasser und der Himmel, fiel ich nicht. Nicht nach unten und nicht nach oben.

Als Kind war ich gewiss, dass der Himmel, von dem doch der Regen kam, und der Spiegel des Teiches, der diesen Regen aufnahm, ein und dasselbe waren, ein einziges Wesen mit zwei einander zugewandten Gesichtern. Erstaunlich nur, dass aus der undurchdringlich dunklen Tiefe des Teiches eine so zarte, so strahlend helle Oberfläche wachsen konnte. Es schien mir stimmig, als ich später erfuhr, dass es sich mit dem Himmel ebenso verhielt. Der Himmel nämlich reichte nicht unendlich weit bis zu Gott und den Engeln. Sein lichtes Blau war nur ein zarter Schein, vergleichbar mit der hauchdünnen Oberfläche des Teiches. Dahinter lag, hier wie dort, das Dunkel.

Der Himmel des Wassers und der Himmel des Alls – die beiden strahlenden Gesichter ein und derselben Finsternis. Ich saß im Licht dieser beiden Gesichter, am Ende des langen Stegs, und wagte kaum zu denken, was sich hinter meiner eigenen, dünnen Haut verbarg.

Ich sah auf. Wie nahe der Wald stand! Die Bäume drängten sich um den Teich wie eine Gemeinschaft alter Leute, die um den Wert des Lebens wussten. Fichten, Tannen, Birken breiteten, ineinander verschränkt, ihre schützenden Arme aus. Schulter an Schulter standen sie und beugten ihre Häupter nach vorne, um sich in diesem blanken Grund zu spiegeln, sich staunend zu erkennen darin.

Rechts vor mir, halb im Wasser, lag das alte Ruderboot. Es leckte, seit Vater darauf geschossen hatte – in törichtem Zorn, wie Mutter sagte. Daneben ragte ein granitener Restling aus dem Teich, er sah aus wie ein zu Stein gewordener, märchenhaft großer Echsenkopf, und auf der gegenüberliegenden Uferseite erhob sich ein Ameisenhaufen, nie wieder im Leben ist mir ein größerer untergekommen. Sonst war von meinem Steg aus nichts zu sehen als Himmel und Wald und Wasser. Himmel. Und Wald. Und Wasser. Ich mochte diese Übersichtlichkeit. Alles war enthalten in ihr.

Eine Krähe landete auf dem Wipfel der alten Fichte und mir schien, als täte sie es meinetwegen; nur um zu mir zu sehen. Ihr nachtblaues Federkleid schimmerte in der Sonne, und da wusste ich mit Sicherheit, dass es jene Krähe war, von der ich einst eine Feder gefunden und sie mit einem Faden an der Vorhangstange befestigt hatte. Wann immer ich mich danach sehnte, konnte ich ihre verletzliche Kraft studieren, die Feder berühren, wenn sie bei offenem Fenster im Wind tanzte oder sich zitternd im Wirbel meines Atems um die eigene Achse drehte.

Ich war in schönen Gedanken gewesen. Als ich wieder zur Krähe sah, flimmerte sie schon, war drauf und dran zu zerwackeln, zu vergehen. Doch das wollte ich nicht. Keinesfalls wollte ich das! Ich wollte, dass sie blieb, wollte, dass sie wirklich war, selbst um den Preis, dass es sie nicht gab. Auch den Wald und den Teich und den Steg und mich in diesem Bild wollte ich, selbst wenn ich wusste, dass wir so, wie wir schienen, nicht die Wahrheit waren. Ganz dringend sehnte ich mich, sagte Bitte. Bitte bleib. Schloss die Augen. Bitte bleib.

Es war der Moment, in dem ich mit angespanntem Kiefer und meine Tränen energisch wegwischend entschied, ein Mensch wie die anderen zu sein.

Der Oberfläche wollte ich angehören, nur noch der Oberfläche, die alle das Leben nannten. Ein normales Kind wie die anderen wollte ich sein. Nicht mehr besorgt oder schief angesehen, nicht mehr für verrückt gehalten werden.

Es gelang mir. Und es gelang mir doch nicht. Das Zerwackeln kam noch einige Male. Aber ich blieb konzentriert, ließ es nicht Raum gewinnen, presste immer wieder die Augen zu, zwang es zurück. Bis es aufgegeben zu haben schien, sich nicht mehr blicken ließ.

Hatte ich gesiegt? War ich stärker als ... die Wahrheit? Aber welchen Wert besaß die Wahrheit, wenn sie so rasch verschwand? Hatten die anderen womöglich recht gehabt? Lag es nur an mir? War ich einfach plemplem gewesen?

Bald schien mir die Frage einerlei. Die beschauliche Normalität tat mir gut. Alle waren erleichtert, dass ich mich nicht mehr verstörend benahm. Selbst Vater schenkte mir verheißungsvolle, beinahe fröhliche Blicke. Bis ich Wochen später daran erinnert wurde, dass mein neues, einfaches Leben nur geborgt war. Es geschah an dem Tag, als ich die Grenze überschritt, das Bewusstsein verlor und davongetragen wurde.

* * *

Meine Schwestern und Freunde waren kreischend davongejagt, als die fremden Grenzsoldaten aufgetaucht waren. Erst auf der Wiese vor unserem Zollhaus trauten sie sich zu verschnaufen. Und Lilli entschied, trotz der Ohrfeigen, die alle bekommen würden, Vater und die übrigen Männer zu Hilfe zu holen.

Wenig später standen der Major und drei seiner Leute keuchend und ihre entsicherten Karabiner nach vorne gerichtet an jener Stelle, an der ich zusammengebrochen war. Vater fehlte, er schritt drei Kilometer entfernt die Grenze ab, mit dem Kosaken.

Dem Major lief der Schweiß in den Nacken. Schwerfällig ließ er sich auf ein Knie nieder und strich mit der Hand über den Waldboden. Seine Augen aber starrten nach vorne in den Wald.

Vaters Kollegen riskierten ihr Leben für mich. Sie standen auf fremdem, auf verbotenem Boden, begingen eine Grenzverletzung mit Waffen in ihren Händen. Würden sie hier erschossen, hätten die anderen nur ihr Land verteidigt. Die Männer atmeten schwer, hielten ihre Gewehre im Anschlag. Als der Major die Hand hob, sahen sie mein Blut an seinen Fingern. Ich aber war schon weit weg.

# 3

»Verfluchte Hundescheiße«, fauchte Vaters bester Freund Hans, aber das bedeutete nicht viel, er fauchte es bei allen möglichen Anlässen. Der Major hatte Hans aufgetragen, Vater per Funk zu benachrichtigen, dass seine kleine Tochter abgängig sei, vermutlich mitgenommen vom tschechoslowakischen Militär.

»Verfluchte Hundescheiße! Verfluchte, verfluchte, verfluchte!«

Wie ernst die Situation war, erkannten die Kinder daran, dass niemand eine Ohrfeige bekam. Die Erwachsenen waren bleich vor Schreck, Mutter konnte nicht mehr aufhören zu weinen und Vater tigerte wie verrückt vor dem Haus auf und ab. Der Major hatte ihm seine Waffen abgenommen.

Ich erwachte mit einem kühlen Umschlag auf der Stirn und einem fremden Gesicht vor meiner Nase.

Es sah aus – ich war nicht sicher, das Bild veränderte sich – wie das eines Mannes mit weichen, faltigen Zügen, dann erschien es als struppige Krähe, doch mit reinweißen Federn, hell strahlend. Ich dachte, ich werde wieder ohnmächtig. Doch es war etwas anderes. Ich griff nach dem Gesicht über mir, überlegte nicht weshalb, und schloss mit meinen Handtellern dessen Augen. Kurz zuckte die weiße Krähe, dann atmete sie, atmete immer heftiger. Unmittelbar darauf sah ich eine Säule aus Licht um mich wachsen, so breit und intensiv, dass sie die weiße Krähe mit einschloss. Die Säule schoss nach unten bis zur Mitte der Erde und nach oben bis in die Unendlichkeit, und dann schickte ich den Schmerz der weißen Krähe ins Licht. Ich zog die Hände zurück und sah einen alten Mann mit weichem, faltigem Gesicht. Er hatte Tränen in den Augen. »Děkuji«, flüsterte er. »Děkuji.« Und dann, noch leiser und in klar verständlichem Deutsch: »Danke. Danke, meine Kleine.«

Alles, was ich damals mitbekam, war, dass dem netten tschechischen Grenzer eine schwere Traurigkeit aus der Brust gezogen worden war. Es hatte keiner Fähigkeit meinerseits bedurft, auch keiner Anstrengung oder eines starken Willens. Mich hatte der Vorfall ebenso überrascht wie den General. Generál, so nannten ihn die jungen Männer rundum. Er hätte ihr Großvater sein können und ganz offenbar war er ihr Chef.

Als wollte er eine Peinlichkeit vor seinen Rekruten verbergen, schob er seine Schulter vor, griff dann vorsichtig nach meiner Hand. Ich spürte, dass er sie gerne zu seinen Lippen gehoben und geküsst hätte. In seinen Augen spiegelte sich diese zärtliche Geste so deutlich, als hätte er sie ausgeführt. Die Herzlichkeit dieses Mannes berührte mich. Ich befand mich in der Kaserne einer Diktatur, rund um mich waren Militär, Stacheldraht, Waffen und Stahlbeton. Doch von diesem alten Mann ging eine sanfte Ruhe aus, die all das aufhob. Ich sah ihn an.

Plötzlich fielen mir Vater und Mutter ein, fiel mir ein, dass wir Kinder das wichtigste Verbot missachtet und die Grenze überschritten hatten. Jetzt erst realisierte ich, dass ich an einem Ort war, wo ich in den Augen aller anderen gewiss nicht hingehörte.

Momente später nur stürzte einer der Burschen des Generals in den Raum. Er salutierte, brachte aufgeregt eine Meldung in der Landessprache vor und zeigte zur Wand, auf der Fotos von Männern in Uniformen hingen. Der General nickte, wandte sich wieder mir zu und fragte, während er zur Wand deutete: »Ist Mann rechts oben dein Papa?« Erst jetzt bemerkte ich, dass ich alle diese Männer auf den Fotos kannte. Ja, das war Vater auf dem Bild rechts oben. Und die Fotos daneben und unterhalb zeigten den Major, den Kosaken und die Väter meiner Freunde. Doch irgendetwas war eigenartig an diesen Bildern. Ich kam nicht sofort dahinter, was. Unsere Väter … ja, sie hatten allesamt irgendwie dümmliche Gesichter. Als schnitten sie Grimassen. Oder war es Erleichterung, die ihnen ins Gesicht geschrieben stand? Konnte es sein, dass all diese Fotos geheim gemacht worden waren, während unsere Väter … gepinkelt hatten? Ich starrte auf die albernen Grimassen. Sah dann zum General.

»Ist Mann rechts oben dein Papa?«, wiederholte er. Eine Dringlichkeit war nun in seinem Ton. Als hinge Vaters Schicksal von meiner Antwort ab.

Ich nickte.

»Nestřílet!«, befahl der General dem wartenden Burschen, der daraufhin salutierte und nach draußen rannte. »Nestřílet!«, schrie ihm der General noch einmal nach. Später erst sollte ich erfahren, was nestřílet bedeutete: nicht schießen.

Mein Vater war ausgerastet. Gegen jeden Menschenverstand und Befehl war er in Unterhemd und Hose über die Grenze. Sein Fahrrad geschultert, rannte er durch den Wald, bis er auf tschechoslowakischer

Seite den alten Feldweg erreichte. Der führte raus aus dem sich lichtenden Wald, über wilde Wiesen mitten durchs militärische Sperrgebiet und stieß nach knapp zwei Kilometern auf die Grenzkaserne, den Stacheldrahtzaun, den Eisernen Vorhang – das Ende der Welt.

Anfangs traute der junge Soldat auf dem Wachturm seinen Augen nicht. So etwas hatte er in der Sperrzone noch nie gesehen, und auch in keiner der vielen Erzählungen war etwas Ähnliches vorgekommen: Durch sein Fernglas sah er einen Mann in weißem ärmellosem Rippunterleibchen und grauer österreichischer Zöllnerhose auf einem Fahrrad daherkommen. Dieser Mann trat, weit nach vorne gebeugt, so ungestüm in die Pedale, als wäre er auf der Flucht. Doch auf der Flucht von Österreich in die ČSSR? In die Tschechoslowakische Sozialistische Republik? Konnte das sein? Eine Waffe schien der Wahnsinnige nicht bei sich zu haben. An der Klingel hatte er ein weißes, wenn auch womöglich etwas angerotztes Stofftaschentuch befestigt.

Vom Wachturm aus nahm der Soldat den Unbekannten schon ins Visier, wie es Vorschrift war, als sein Kollege ihm den Befehl des Generals nach oben plärrte, vorerst nicht zu schießen. Es erleichterte den Burschen, er wollte ja keinen Menschen abknallen, sofort danach aber bemerkte er, dass seine Nervosität vom Befehl, nicht zu schießen, befeuert worden war, da die Ungewissheit nun riskant in die Länge gezogen wurde. Wer weiß, was geschehen würde. Wer weiß, ob der Typ nicht doch eine Waffe bei sich führte. Wer weiß, ob es sich nicht um einen raffinierten Trick handelte und er womöglich den Kürzeren ziehen würde, käme es zum Feuergefecht. Dürfte er den Eindringling jetzt mit dem Maschinengewehr vom Fahrrad holen, wäre die Sache prompt erledigt.

»Nestřílet!«, gab der Kollege von unten noch einmal den Befehl des Generals weiter und brachte sich selbst mit seiner Kalaschnikow in Stellung. Der Typ, der da wie verrückt angeradelt kam, schien sich des Risikos nicht bewusst, erschreckend nahe war er schon und noch näher und schon schliff er sich vor dem in den Himmel ragenden Wachturm ein, dass es nur so staubte. Er schmiss das Fahrrad beiseite, stemmte seine Füße breitbeinig in den Boden und begann, obgleich außer Atem, so lauthals herumzuschreien, dass sich seine Stimme überschlug.

»Malina! …«
»Malina! … Bist du da drinnen?!«
»Malina!«

Obwohl der Klang seiner Stimme jenseitig wirkte und höllernd gegen die nackten Betonwände echote, bestand für mich kein Zweifel. Da draußen … ja, da draußen brüllte Vater nach mir.

»Prosím!«, schrie er, viel mehr konnte er nicht auf Tschechisch, »prosím, gebt mir meine Tochter!

Kruzifix, ihr Arschlöcher! Gebt mir meine Tochter, oder ich reiß euch euren beschissenen Turm um!«

Der General schmunzelte. »Ist das Papa?«
Ich nickte.

»Du also heißt Malina«, sagte er.

Abermals nickte ich.

»Nestřílet!«, rief der General noch einmal nach draußen, sprach es auch in sein rauschendes Funkgerät: »Nestřílet.«

4

Der Schuss war kurz und prägnant. Wie der Punkt hinter einem kurzen Satz. Doch sein Nachhall in meinen Ohren hielt an. Ich las im Gesicht des Generals, ihm ging es ebenso.

Als wir nach draußen stürzten, sahen wir, es war Vater gewesen, der geschossen hatte. Und gerade tat er es noch einmal, feuerte mit einer Pistole auf das Schloss des Tors im Eisernen Vorhang.

Der General rannte auf Vater zu, heute noch sehe ich es wie in Zeitlupe vor mir. Seine hohe Schirmkappe fiel ihm vom Kopf, landete vor meinen Füßen im Staub.

»Nestřílet!«, schrie der General, schrie es mehrfach, als könnte dieses *Nestřílet!*, sein *Nestřílet!* alles Böse und Dumme dieser Welt verhindern. Und dann schrie er es auch Vater zu: »Nicht schießen! Kollege, nicht schießen! Kollege, stopp! Kollege, dein Mädchen!«

Ich kann mich nur noch erinnern, dass das nächste Bild, das ich sah, Vater zeigte. Ich erkannte, wie außer sich er war und wie knapp vor einem völlig verrückten, doch für ihn unabwendbaren Entschluss. Er stand hinter diesem mehrere Meter hohen doppelten Stacheldrahtzaun, und jeden Moment würde er dagegen anrennen, als wäre das Hindernis mit ausreichend festem Willen ja doch zu durchstoßen.

Da trafen sich unsere Blicke. Für einen Sekundenbruchteil starrte Vater mich an wie entrückt, doch gleich darauf war es, als risse bei ihm ein böser Film und dahinter erschiene ein schöner. Nun erst nahm er mich wahr. In diesem Moment wurden seine Züge weich. Ich winkte ihm mit der Kappe des Generals.

## 5

»Du sagst nichts. Und ich sag nichts. Du machst keine Meldung nach Wien, und ich, na ich mache keine Meldung nach Prag. Wenn Schießerei und Grenzvorfall, dann Politik. Aber Politik ... aaah Politik nicht gut. Wenn keine Schießerei und kein Grenzvorfall, dann auch keine Politik. Dann ist alles gut. Aaaalles gut. Abgemacht?« Der General hob sein Schnapsglas.

»Abgemacht, Kollege!«, rief Vater und klackte seinen Becherovka gegen jenen des Generals. »Abgemacht! Na zdraví!«

»Na zdraví!«, antwortete der General, trank aus und schenkte nach.

Niemals zuvor und niemals danach habe ich Vater so viel Schnaps trinken gesehen wie an jenem Tag.

Der General hatte Vater berichtet, wo und in welchem Zustand er mich im Wald aufgelesen hatte. Er erzählte ihm, dass ich stark aus der Nase geblutet hätte und erst wieder zu mir gekommen sei, nachdem er mich hier abgeladen und mit kalten Wickeln versorgt habe. Wie zum Beweis lagen auf der Pritsche nebenan noch immer zwei blutgetränkte Tücher.

»Auf die Gesundheit von unsere Kinder«, sagte der General.

»Auf die Gesundheit unserer Kinder. Danke, Kollege! Danke!«

Und schon wieder tranken sie.

Die beiden Rekruten des Generals, der Soldat vom Wachturm und der Bodenschütze mit der Kalaschnikow, bekamen auch ein Gläschen. Ich nippte an einem Himbeersaft.

»Ich habe meinen Soldaten gerade gesagt«, übersetzte der General, »dass sie heute haben gelernt eine wichtige Lektion: Nie lasst euch verleiten von einem Verrückten, herumzuballern.«

Vater mochte für gewöhnlich keine Scherze auf seine Kosten. Nun aber lachte er herzhaft, sah den General beinahe zärtlich an und klopfte ihm auf die Schulter.

Nachdem der General die nächste Runde eingeschenkt hatte, hob Vater das Glas zu einem Trinkspruch: »Na zdraví! Auf dass die Politiker von euch und die Politiker von uns nie so verrückt sein mögen wie ich, sondern immer so klug wie du.«

Sie kippten den Schnaps in einem Zug, sogen Luft durch die Zähne ein.

»Eigentlich es ist ganz einfach«, sagte der General. »Im Zweifelsfall es ist gut, nicht zu schießen. Weil wenn du schießt im Zweifelsfall, dann es wird, na … geschossen.«

»Ein wahres Wort!« Vater lachte lauthals. »Na zdraví!«

»Na zdraví!«

Und der General schenkte nach.

Mir bot er irgendwann sein in Butterbrotpapier eingewickeltes Jausenbrot an.

»Danke, ich habe keinen Hunger«, log ich.

Er lächelte nur, schob mir das Brot zu. Dann unterhielten sich Vater und er wieder. Und ich aß das Jausenbrot, bis zum letzten Bissen verschlang ich es.

Eine Stunde später etwa ließ es sich der General nicht nehmen, uns in einem offenen Geländewagen zurück zur Grenze zu chauffieren.

»Du sagst nichts. Und ich sag nichts«, sagte er.

»Ich sag nichts und du sagst nichts«, antwortete Vater.

Mir zwinkerte der General nur zu, reichte mir zum Abschied die Hand wie einer Erwachsenen. Ich hatte befürchtet, er würde noch auf unsere Sache zu sprechen kommen und Vater gegenüber erwähnen, dass ich ihn von einem Schmerz befreit hätte. Doch er vermied es und so blieb mir erspart, Vater erklären zu müssen, was mir selbst unerklärlich war. Die Welt zerwackelte zwar nicht mehr, doch nun war eine neue Sonderbarkeit in mein Leben getreten.

Nachdem Vater und ich vom General Abschied genommen hatten, gingen wir das letzte Stück zu Fuß durch den Wald. Vater schob sein Rad weniger, als dass er sich schwankend darauf stützte.

Im Zollhaus wurden wir stürmisch empfangen. Vater war sturzbetrunken, dennoch verplapperte er sich nicht. Auf die Fragen, wie und wo er mich gefunden und was sich zugetragen habe, lallte er nur in einem fort: »Alles gut. Keine Schießerei. Kein Grenzvorfall. Keine Meldung nach Wien, keine Meldung nach Prag. Nix passiert.« Dann fiel er ins Bett und schnarchte bis zum nächsten Morgen.

Auch die folgenden Tage hielt Vater Wort. Zum Major, der ihn freundschaftlich verhörte, sagte er nur: »Horst, da drüben sind anständige Menschen. Sehr anständige Menschen. Da müssen wir uns zusammenreißen, wenn wir mithalten wollen. Richtig zusammenreißen, Horst.«

# 6

Die kommenden Wochen verliefen angenehm ruhig, wie alle fanden. Sie ahnten nicht, welche Dinge ich sah. Wäre es anders gewesen, gewiss hätten sie nicht von angenehmer Ruhe gesprochen. Die Bilder, die ich wahrnahm, die Gedanken und Gefühle, die ich aufschnappte, waren die ihren.

Wenn es passierte, fuhr ich vor Schrecken jedes Mal aufs Neue zusammen. Für Augenblicke war ich gezwungen zu empfinden, was sie empfanden. Für Augenblicke fühlte ich das Leben anderer Menschen, als wäre es meines. Für Augenblicke war ich ihnen so nahe, als wäre ich sie.

Ich wollte das nicht, hatte es mit Sicherheit nicht beabsichtigt. Es geschah mir. Passierte seit dem Tag, an dem ich jenseits der Grenze gewesen und von meiner weißen Krähe, dem tschechischen General, davongetragen worden war.

Wenn anderes Leben eindrang, flutete es mich ohne jede Vorwarnung. Manchmal waren es nur einzelne Bilder und Gefühle, manchmal Bündel an Emotionen, längere Ereignisse. Es war, als explodierten sie direkt hinter meiner Stirn.

An das erste Mal erinnere ich mich, als wäre es gerade passiert. Ich saß zurückgelehnt und mit untergeschlagenen Beinen in der Hollywoodschaukel, schubste mich an, indem ich rhythmisch an der Schnur zog, die Lilli quer über die Wiese gespannt und an der Wäschestange festgebunden hatte. Mutter fluchte halblaut, wenn sie gezwungen war, mit geschürztem Rock darüberzusteigen. Verzog sie sich aber selbst in die Hollywoodschaukel, genoss sie Lillis Erfindung sichtlich. Ihr Gesichtsausdruck war auf eine eigentümliche Art verbissen – als steuerte sie auf etwas schmerzhaft Schönes zu, als wäre sie dabei, sich einen Gipfel emporzuarbeiten. Und schon die Anstrengung darum schien ihr Lust zu bereiten. Mutter wippte so ungezügelt, dass die hinteren Steher der Eisenkonstruktion begannen, vom Boden abzuheben. Wie oft habe ich versucht, es ihr gleichzutun, doch ich war zu leicht. Und jedes Mal aufs Neue fragte ich mich, wann es so weit sein würde, wann ich groß genug wäre, alt genug dafür.

Ich beobachtete die bewegte Welt. Weich in die Sitzpolster gedrückt, schwebte ich im Rückwärtsschwingen nach oben und sah das Unten, den Boden, die abgetretene Wiese. Dann schwang ich nach vorne. Kurz erkannte ich die anderen, die Kinder, die Erwachsenen. Doch schon vorbei und der Himmel ging auf. Dann wieder zu den Menschen hinunter, zur Erde.

Menschen, Himmel – Menschen, Erde. Auf und ab. Ab und auf. Menschen, Himmel – Menschen, Erde. Menschen, Himmel – Me…

Weg. Blitzartig.

Mit einem Mal. Alles weg!

Kein Gefühl des Schaukelns mehr, kein Luftzug, kein Himmel, keine Erde.

Stattdessen, mein Herz raste, befand ich mich in einer anderen Situation. Vor mir: der Kosake. Das, was ich sah, schien mir ungeheuerlich, es war für mich als kleines Mädchen unfassbar. Doch ich konnte es nicht benennen, wusste nur eines sicher: dass nicht gut war, was er da tat.


Heute wundert es mich nicht, dass ich als Kind mehr über das erschrak, was ich sah, als darüber, dass ich es überhaupt sehen konnte. Dieses Leben, in das ich gestürzt wurde, war ebenso wirklich wie noch einen Moment zuvor mein Schaukeln. Zwei Realitäten. Ich war von einer in eine weitere geraten.

Ich wollte das nicht erleben, es war verstörend, ich wehrte mich dagegen, wie man sich im Schlaf gegen einen bösen Traum zu wehren versucht. Nur dass ich, anders als im Schlaf, nicht versuchte, angestrengt die Augen aufzureißen, um zu erwachen, sondern darum kämpfte, meine Augen schließen zu dürfen vor der Wirklichkeit.

Plötzlich war ich zurück.

Ich schien nicht lange weg gewesen zu sein. Die Hollywoodschaukel jedenfalls bewegte sich noch, wippte sachte vor und zurück. Lillis Schnur lag lose in meinen Händen. Als ich sie wahrnahm, verkrampfte mein Herz.

An manchen Tagen drang gleich mehrmals etwas ein. Mein Kopf war wehrlos. Die Eindrücke zehrten an meinen Kräften, es fühlte sich an, als müsste ich verschiedene Leben zugleich bewältigen. An anderen Tagen, sie sehnte ich herbei, hatte ich Ruhe und gar nichts geschah. Nachts blieb ich auch unbehelligt, da konnte ich schlafen. Nachts hatte ich ganz normale Träume.

Den anderen, nahm ich mir vor, würde ich nichts erzählen. Ich wollte nicht wieder für verrückt gehalten werden. Es reichte schon, dass meine Schwestern und Freunde und auch die Erwachsenen hin und wieder mitbekamen, wenn ich Dinge sah, die es für sie nicht gab. In jenen Momenten schien ihnen, als starrte ich ins Leere, als wäre ich geistig weggetreten. »Wie komisch die Malina dreinschaut!«, hieß es, und »die ist schon wieder im *Narrenkastl*«. Gruselig fanden es andere.

Was mir zuteilwurde, unterlag keinen erkennbaren Regeln. Ich erlebte Szenen, die allem Anschein nach in der Vergangenheit passiert waren, und solche, die noch nicht geschehen sein konnten. Meistens betraf es Menschen, die mir nahe standen, es kamen aber auch Fremde vor und Gegenden und Räume, in denen ich mit Sicherheit noch nie gewesen war. Um ehrlich zu sein, erlebte ich auch Szenen mit elfenartigen Wesen, sah märchenhafte Landschaften und spürte mit absoluter Gewissheit, dass diese Fabelwesen ebenso wirklich waren wie all das, was wir Menschen üblicherweise für real halten.

Ich sah meine Mutter bei einem Autounfall, der sie beinahe das Leben kostete. Ich war dabei, als mein Vater geboren wurde. Beobachtete mich als reife Frau beim Pflücken eines Apfels. Sah Gnome nach einem Kristall suchen, erlebte eine Schlacht, die sehr lange her sein musste, direkt vor mir wurde einem Burschen mit einer Lanze die Bauchdecke durchstoßen. Ich spürte seine Überraschung, gleich danach seine Angst. Ich sah auch, was während der

Nazizeit auf dem Dachboden unseres Zollhauses tatsächlich geschehen war.

Ich war ein kleines Mädchen damals. Es warf mich hin und her zwischen den Wirklichkeiten, zwischen Zeiten und Räumen. Erstaunlich, dass es mich nicht gebrochen hat. Ich kenne Menschen, die Ähnliches erlebt und nicht verwunden haben.

»Gott sieht alles«, sagten die Erwachsenen zu uns Kindern. »Gott ist immer und überall.« Ich konnte es mir lebhaft vorstellen. Wie leid Gott mir tat.

Es verwirrte mich und machte mir Angst, wenn ich in Wachträumen nicht erkennen konnte, ob die Handlung bereits geschehen war oder noch bevorstand. Die Gegenwart bekam dadurch eine Allmacht, die für mich womöglich niemals enden würde; in der ich drohte, auf ewig gefangen zu sein. Wenn sich Wachträume häuften oder mehrere widersprüchliche Szenen hintereinander folgten, kam mir das Zeitgefühl vollends abhanden. Die Dinge überstürzten sich, Abläufe ergaben keinen Sinn, obwohl ich angestrengt versuchte, sie in das übliche Zeitschema einzupassen. Ich sah mich als Frau, gleich danach als Jugendliche, dann spiegelte ich mich in einer irgendwie falschen Gegenwärtigkeit und unmittelbar darauf erlebte ich mich abermals als Jugendliche, doch in einer Situation, die im Widerspruch zur vorigen stand. Ich mühte mich ab, versuchte mich zu konzentrieren, doch es reichte nicht. Ich scheiterte daran, die Ereignisse in einen logischen Zusammenhang zu stellen.

»Das macht doch keinen Sinn!« Mit diesen Worten tauchte ich oft auf, noch halb betäubt und mit einem Blick wie von weit her.

»Im Narrenkastl gibt's keinen Sinn«, lachten meine Freunde. Mir aber schien mehr und mehr, dass es keine Zeit gab. Vergangenheit und Zukunft erlebte ich wie unterschiedliche Bilder ein und desselben. Wie die Vorder- und die Rückenansicht eines dahinschreitenden Menschen.

Der Kosake. Liefen wir uns über den Weg, erinnerte ich mich, wobei ich ihn gesehen hatte. Würde ich es verhindern können, sodass es nur in meinem Wachtraum passiert wäre? Ich versuchte es. Wie sehr ich es versuchte! Wie oft ich wach lag! Viel später erst sollte ich erfahren, dass meine Bemühungen zwecklos gewesen waren.

Dass die Dinge, die ich wahrnahm, keine bloßen Hirngespinste waren, bewies sich immer wieder, bei kleinen und bei größeren Ereignissen: Mutter ließ beim Abwaschen Vaters Kaffeehäferl fallen, als sie ein Lied aus dem Radio mitsummte – ich hatte es bereits gewusst. Ein Kaninchen in unserem Holzverschlag wurde genau so gequält und ums Leben gebracht, wie ich es vorhergesehen hatte. Meine Schwestern Doris und Isabella schürften sich kurz danach schwer die Hände auf, waren auf dem Sandweg mit den Fahrrädern zusammengestoßen, ja klar. Vor allen anderen wusste ich auch, dass Helga, die Frau von Vaters bestem Freund Hans, wieder schwanger war. Und dass nicht Hans der Vater war. Bevor es tatsächlich passierte, sah ich Hans auch schon mit all den anderen Zöllnern feiern, sah die Männer anstoßen und immer wieder anstoßen auf Hans' Neugeborenen, sah, wie sie seinen kleinen Sohn hochleben ließen, sah, dass Hans ausgerechnet mit dem Kosaken Bruderschaft trank.

Und ich sah noch vieles mehr. Aber was sollte das? Wozu das alles? Jenseits der Grenze, kurz nach meiner Bewusstlosigkeit, konnte dem tschechischen General dank meiner … soll ich es Gabe oder Krankheit nennen, konnte ihm jedenfalls geholfen werden. Nun aber war ich gezwungen, Geschehnisse einfach tatenlos und damit sinnlos mitzuerleben. Mein Zorn wuchs daran. Ich begann mich zu beschweren, zuerst nur in Gedanken, dann lautstark im Wald. Ich stand über meinem Teich am Ende des Stegs und schrie. Kreischte aus voller Kehle. Ließ Gott oder wer sich auch immer angesprochen fühlen mochte, meinen Zorn hören. »Lasst mich endlich in Ruhe!«, rief ich. »Lasst mich! Lasst mich! Lasst mich!« Meine Stimme kippte, ich schluchzte.

Einmal stand Mutter hinter mir am Ufer. Sie hatte mich überrascht. Nie wieder habe ich sie so erschrocken gesehen, so verletzlich. Ihre Lippen zitterten, dann rannte sie davon, weinend, ohne ein Wort an mich zu richten.

Ich wusste, es war sinnlos, Mutter nachzulaufen und sie darum zu bitten, Vater nichts zu erzählen. Ich beschloss, am Ende des Stegs sitzen zu bleiben, bis er kommen würde, mich zu holen.

Noch bevor ich ihn hörte, spürte ich ihn. Die Gegenwart lud sich auf. Ich hätte schwören können, dass ich, ohne hinzusehen, auf einen Meter genau wusste, wo er sich im Moment befand.

Er kam über die Wiese, sah mich schon, sein Herz schlug schnell. Dann stand er am Ufer und wusste nicht weiter. Erwachsene tun nur so, als wären sie souverän, in Wahrheit sind sie wie Kinder, empfinden dieselbe Unsicherheit gegenüber dem Leben.

Vater räusperte sich. Ich aber reagierte nicht, sah weiter raus auf den Teich. Warum? Ich weiß nicht. Mir war, als befände ich mich in einer Glocke aus Luft. Und dass ich mich besser nicht rühren sollte.

»Malina?«

Vater sprach leise. Das war gut. Ich freute mich darauf, dass er zu mir kommen würde, auf den Steg raus, in meine Welt. Diesmal würde er nicht schreien mit mir, ganz lieb würde er sein. Ich hielt still.

»Malina, bitte komm.«

Ich wollte nicht kommen. Nein, er sollte kommen; sollte mich nehmen und sachte davontragen, ich würde die Augen schließen dabei. Er musste keine Angst haben, müsste auch nichts reden, einfach nehmen sollte er mich. Papa, bitte!

Es auszusprechen, traute ich mich nicht, wollte ich mich auch nicht trauen. Aber ich half ihm, zog meine Beine an, umschlang meine Knie und legte die Wange auf den Oberarm. Das war mein Rufen, meine Einladung an ihn. Mein Äußerstes.

Der Holzbalken unter mir erzitterte. Vater war auf den Steg getreten. Er machte die ersten zwei, drei Schritte, ich spürte ein Vibrieren. Er ging, wie ich es nicht gewohnt war von ihm: behutsam. Dann stand er hinter meinem Rücken und ich stellte ihn mir vor, stellte mir meinen Vater vor.

»Malina«, flüsterte er. »Malina, was ist denn los mit dir?«

Ich atmete – so, dass er es sehen konnte, so, dass sich meine Schulterblätter hoben und senkten, tief ein und tief aus. So, dass er es als Antwort auf seine

Frage nehmen konnte. Es war eine Geste, die ihn ermutigen würde.

»Was ist geschehen, Malina?«

Nein, Papa, nichts reden, bitte nichts reden. Ich kann jetzt nichts sagen, nimm mich einfach, streichle mir einfach über den Kopf.

»Malina«, drängte Vater, »sag doch was, rede mit mir.«

Traurigkeit, eine andere, schwerere als zuvor, überschwemmte mich. Mein Herz pumpte sie in meinen Körper. Sie füllte mich. Papa, ich kann nicht. Ich will dir ja alles erklären, aber ich weiß nicht wie, wirklich, bitte glaube mir, bitte, bitte glaube mir.

Ich wusste, wie sehr Vater sich mühte. Es machte mich noch verzagter. Auch dass wir nicht zueinander finden konnten, dass es keinen Ausweg gab. Wieso nur gab es nie einen Ausweg für uns, warum kein befreiendes *Alles gut*? Warum, Papa?

Ich spürte, wie schwer es ihm fiel, ruhig zu bleiben. Fühlte, dass er nach einer Lösung rang, die ihm nicht gelingen würde. Er versuchte ehrlich, die Situation in den Griff zu bekommen, doch er wurde immer nervöser. Zwang sich schließlich nur noch, nicht auszurasten.

»Malina! … Bitte! … Bitte rede mit mir!«

Vater würde mich nicht nehmen. Er konnte es nicht. Ich wusste es bei seinem ersten lauten Wort.

»Malina! So sag doch was, irgendwas, verdammt noch einmal!«

Ich atmete tief durch, diesmal nicht mehr für ihn, sondern für mich. Ich wollte für uns beide die Starke sein, wollte versuchen, Vater zu sagen, was los war mit mir, was in mir passierte gegen meinen Willen, was ich durchmachte, weil ich all die Dinge sah. Ich wollte versuchen, ihm zu sagen, dass ich litt und nicht weiter wusste, wollte mich zu ihm umdrehen und ihn um Hilfe anschreien, mich in seine Arme werfen, um weinen zu dürfen, loslassen zu dürfen, auf dass alles auch loslasse von mir. Ich wollte, wollte, wollte.

Ich konnte nicht.

Als ich es erkannte, explodierte meine Verzweiflung. Ich bemerkte nur noch, dass mir das Atmen schwerfiel, Luft, ich bekam kaum noch Luft, schnappte danach und dann umgriff mich in meinem Inneren eine so unsäglich traurige Kraft, die presste mich zusammen gegen ihren Willen, und als sie erkennen musste, dass es gegen ihren Willen geschah, presste sie umso stärker, umso stärker. Nur vorbei, bitte vorbei sollte es sein.

Ich kippte zur Seite. Mein Körper fiel vom Steg, klatschte ins Wasser.

# 7

Im Wasser war: alles gut.

War ich … angekommen?

Ich sah den Himmel, bewegte mich fort von ihm. Die Erde zog mich zu sich. Ich hatte nichts dagegen, ließ es zu, war ganz ruhig, wunderte mich, wie ruhig.

Mir war, als träumte ich bloß. Das Blau über mir verschwand zwischen Luftbläschen, die himmelwärts trieben. Das war der Moment, da ich es erkannte. Dieses Bild, ich hatte es schon einmal gesehen. Ich also war dieses Mädchen im Wasser gewesen. Es sank, glitt aber auch hinauf, hinweg über das Ende von allem, und beides geschah zugleich und die Bahnen liefen auseinander, anfangs zögerlich, schließlich schneller, immer schneller, wie unglaublich schnell! Und da erkannte das Mädchen, dass es hätte bleiben sollen, trotz allem, ja *wegen* allem, als

Mensch noch ein wenig bleiben hätte sie sollen. Also lächelte sie, grüßte sich selbst zum Abschied, *bis gleich!*, und dachte sich zurück und war wieder da.

Ich öffnete die Augen und sah, Vater kniete neben mir, pitschnass. Er verbiss sich das Weinen. Ich lächelte, flüsterte. »Alles gut.«

Vater presste die Kiefer aneinander, seine Augen wurden feucht. Dann küsste er mich auf die Stirn. Seine Hände, seine großen Hände, streichelten über mein nasses Haar.

»Leg dich her, mit dem Kopf auf meinen Bauch«, sagte ich und wusste nicht warum. Er folgte mir, ohne zu fragen, ohne zu zögern.

Nichts tat ich dann, außer die Finger meiner beiden Hände über seiner Schläfe ineinanderzufalten. Da drückte es mich nieder, ich fühlte, was er fühlte: sein Nicht-anders-Können, sein Ausgeliefertsein und die Verzweiflung und die Wut darüber.

Was anschließend geschah, mag seltsam anmuten, mir aber schien es ganz natürlich. Ich sah ein Licht, es kam aus der Mitte der Erde und aus der Unendlichkeit, verschmolz, wurde eins in meinen Händen, meinem Bauch. Behütende Wärme. Sie lud mich ein, und so schickte ich Vaters Last ins weite Licht. Plötzlich schüttelte es ihn, er heulte auf. Und dann weinte er wie ein Kind. »Papa, alles gut.« Ich streichelte über seinen Kopf.

Eine Weile verging. Dann erhob sich Vater, verlegen, und sah mich an.

»Ziemlich nass«, sagte er, zupfte an seinem Hemd und besah unsere Kleidung.

»Ja, ziemlich nass.«

»Ich trage dich«, sagte Vater.

»Ich kann selbst gehen.«

»Ich trage dich«, sagte Vater. Und dann lächelnd: »Darf ich dich tragen?«

Er trug mich bis nach Hause.

## 8

Vater ging mit sicherem Schritt. Während er mich hielt, hatte ich meine Arme um seinen Hals geschlungen, umklammerte mit den Beinen seinen Bauch. Meine Wange lag an seinem Haar, wir sprachen nichts.

Ich überlegte, ob ich ihn fragen sollte, presste mich an ihn. Papa roch nach Papa. Ich schloss die Augen. Würde ich all das zerstören mit meiner Frage?

Von Weitem war schon das Zollhaus zu sehen, viel Zeit blieb nicht mehr.

Besser stumm bleiben, dachte ich, ja, besser nichts riskieren, da beschleunigte mein verrücktes Herz, taktete viel schneller schon als Vaters Schritt, den es überholte und japsend liebestoll umlief, und unmittelbar danach hörte ich Worte aus meinem Mund haspeln: »Papa, hast du auch, hast du auch das Licht gesehen vorhin beim Teich?«

Mein Herz trommelte, mein Atem stockte und Vater … Vater ging einfach weiter. Überlegte er? Hatte er mich nicht verstanden? Oder ich die Frage nur gedacht?

Er ging weiter. Noch einen Schritt. Und noch einen. Und mit dem nächsten sagte er: »Nein.«

Augenblicklich gaben meine Muskeln nach. Nein. Natürlich nein. Wie dumm von mir. Wie blöd, ihn nach dem Licht zu fragen, ausgerechnet ihn! Röte schoss mir ins Gesicht. Ich versuchte, Vater nicht enger zu berühren als nötig, hing nur noch an ihm.

Jäh strich Abendwind über die Wipfel, Zweige fächerten rauschend ineinander, Böen fuhren ins Gehölz. Wie rasch es abkühlen konnte hier.

Vor unserem Haus setzte Vater mich ab und suchte meinen Blick. Halb nur traute ich mich hinzuschauen, von unten her. Er ging in die Hocke, nachdenkliches Gesicht, ernst, so, als hätte er es mit einer Erwachsenen zu tun. Und dann nahm er mich bei den Händen und sagte: »Gesehen, Malina, habe ich es nicht, dein Licht. Aber ich hab's gespürt.«

Welch Last von mir fiel.

Gespürt. Vater … hatte es gespürt!

Ich fühlte mich weihnachtlich, österlich, geburtstäglich. Ich! war! nicht! verrückt! Nun wusste ich es. Und noch wichtiger: Nun wusste Vater es.

Abends dann, beim Schlafengehen, kam er zur Tür herein und setzte sich an mein Bett. Unbeholfen zupfte er meine Decke nach oben, sah dabei nicht mich an, sondern den Deckensaum, den er glatt zu streichen begann. Vaters Atem ging schwer. Mir war, als spürte ich seinen Puls.

»Wenn ich dir helfen kann, Malina«, flüsterte er, »irgendwie helfen. Dann sagst du es mir, ja?«

Ich hätte mich freuen können. Vater war so lieb zu mir. Und ich genoss es auch. Zugleich, Papa bitte verzeih, machte es mich traurig. Deine hilflose Frage, ob du etwas tun kannst, ließ mich sehen, wie alleine wir trotz unseres gemeinsamen Erlebnisses waren. Alleine, ich für mich, und auch – es traf mich ebenso – du für dich. Nun, da ich endlich deine Zartheit hatte sehen dürfen, wurde mir bewusst, wie sehr nicht nur ich, sondern auch du Hilfe bräuchtest, und ebenso Mutter und meine Schwestern und all die anderen, ja selbst die fremden Menschen aus meinen Wachträumen. Wieso nur waren wir alle … so alleine mit uns? Und immer geschah, geschah, geschah das Leben und immer stieß es uns herum und keiner war da, der lieb war und zugleich auch stark. Lieber Gott, wieso gab es dich nicht?!

In meiner Brust drückte es und ich wollte Vater schnell noch Antwort geben, bevor ich nicht mehr würde reden können, und halb unter der Decke verkrochen sagte ich mit kleiner, ganz kleiner Stimme: »Ja Papa, ich sag's dir, wenn du mir helfen kannst, versprochen, ich sag's dir.«

Du reagiertest nicht, bliebst stumm, gingst aber auch nicht. Ich ahnte, dass dir beim Teich dein Panzer genommen worden war, deine Grobheit und polternde Art, und vermutlich war es meine Schuld, wenn du deine Ängstlichkeit nun nicht mehr verstecken konntest vor dir und vor mir.

Noch einmal berührtest du sachte den Rand der Decke, ließest die Hand aber nicht darauf ruhen, sondern hieltest sie wie schwebend auf dem Stoff. Als wäre die Decke selbst schon schwer genug für mich, als wolltest du mir nicht noch weitere Last, dich, zumuten. Vielleicht war es ja auch deine Art, mich zu streicheln, Papa, indem du so behutsam den Stoff berührtest über meinem Herzen. Kurz hobst du den Blick zu mir, strichst noch einmal über den Deckensaum. Dann gingst du.

Nachts lag ich wach.

Eine neue Wehmut besuchte mich. Sie begann als brennender Punkt drinnen in der Brust und sauste weit und süß und ziehend hinaus aus mir, ließ, sich entfernend, aber nicht nach, sondern wurde noch schlimmer, als müsste sie die ganze Welt traurig machen, und als sie das getan hatte vielleicht, kam sie zurück, kehrte heim und legte sich nieder in mir.

Ich dachte nach, was beim Teich geschehen war, und verstand es nicht. Kurz schlief ich ein, träumte unsinniges Zeug und erwachte nass geschwitzt. Was war nur los mit mir? Als ich treibend im Wasser meinen Himmel gesehen hatte, war es wundervoll still geworden. Wäre das meine Bestimmung gewesen? Wäre ich angekommen, hätte Vater mich nicht an die Oberfläche gezogen?

Nun jedenfalls war ich gewiss nicht angekommen. Mitten in der Welt war ich wieder. Aber ich gehörte da nicht her, ich konnte da doch nicht hergehören! Es musste doch einen Platz geben, wo sich das Leben selbstverständlich anfühlte, wo wir Menschen waren, wie wir es uns wünschten. Solch einen Ort, solch eine Zeit, es musste sie doch geben!

Eine Erinnerung, unglaublich zart und zerbrechlich, stieg auf in mir. Sie erzählte, dass ich einst mit einem Lächeln entschieden hatte, von jenem ersehnten, fantastischen Ort Abschied zu nehmen und zurückzukehren in diese Welt. Der Beweggrund blieb im Dunkeln, doch die Idee alleine beruhigte mich. Mit ihr schlief ich ein.


Morgens beim Frühstück versuchten meine Schwestern erneut aus mir herauszubekommen, was beim

Teich geschehen war. Warum ich mich *so aufgeführt* und wen ich gemeint hätte, als ich *lasst mich endlich in Ruhe!* übers Wasser gekreischt hatte wie eine Verrückte. Klar, Mutter hatte ihnen alles erzählt.

Ich zog den Kopf ein und ging auf Tauchstation, indem ich mich auf meinem Sessel nach unten rutschen ließ, was ich nicht machen sollte, das wusste ich, denn so lümmelnd, so *schlampig* saß man nicht bei Tisch.

Mutter bezog mein gestriges Verhalten beim Teich auf sich, ebenso wie jetzt meine Verweigerung. Ich spürte ihre Hilflosigkeit und ihre daraus erwachsende Anspannung. Es veränderte die Atmosphäre im Raum, die Luft wurde knapper. Etwas in Mutter wog ab, ob sie wie gestern weinen sollte oder ihre Fassung auf eine andere Weise verlieren. Ich erkannte es daran, wie sie den Sessel zurechtschob, wie sie die Butter strich, das Messer zur Seite legte und nicht zuletzt an der Art, wie sie mehrere Male haarscharf an mir vorbeisah. Vater hockte währenddessen mit vorgebeugten Schultern beim Tisch und schaufelte sein Frühstück. Bemerkte er, dass das Zimmer immer enger wurde? Litt auch er darunter? Ich linste zu ihm und erkannte, ja, er wollte möglichst schnell weg von hier, rasch raus und die Grenze bewachen. Ich verstand ihn nur zu gut. Auch ich wäre gerne aufgesprungen und hinausgerannt, aber das durften wir Kinder nicht. Ich behielt die Handballen an der Tischkante, gab mir Mühe, aufrecht zu sitzen.

Meine Schwestern hörten nicht auf, nach Erklärungen für mein gestriges Verhalten zu bohren. »Sag schon, Malina! Mach schon den Mund auf! Jetzt rede endlich!«

Hatte Mutter sie beauftragt?

Während des Kauens wurde das Brot in meinem Mund mehr und mehr. Ich fürchtete, es ausspucken zu müssen. Mutter sah streng zu Vater, der ihrem Blick auswich, stattdessen die Tischplatte fixierte. Er gab sich Mühe, rasch zu essen, ohne dass es als rasches Essen auffiel. Er befand sich in einem geheimen Wettrennen. Mutters Ärger wuchs daran, ich fühlte es.

Für gewöhnlich war es Vater, der es übernahm, auf den Tisch zu hauen, dem die Rolle zufiel, auszurasten, wenn irgendetwas in der Familie nicht nach einem der drei geheimnisvollen Herrschaftspläne ablief, dem elterlichen, dem väterlichen oder dem mütterlichen. Doch Vater tat an diesem Morgen nichts weiter als zu essen und zu trinken, die Regentschaft über den Küchentisch lag brach. Je kleiner die Portion auf Vaters Teller wurde, desto größer geriet Mutters Unruhe. Nicht mehr lange und Vater würde aus dem Zimmer gehen, ohne mich zur Rede zu stellen, ohne mich zurechtzuweisen wegen meines gestrigen, die ganze Familie verstörenden Benehmens.

»Sag doch einfach, was mit dir los ist«, stichelte Isabella. »Ja, dann ist endlich Ruhe«, drängte Doris.

Ich hätte auch jetzt nicht zu antworten vermocht, und selbst wenn, nicht so rasch wie Mutters Nerven rissen: Sie strafte Vater, dessen Rolle einzunehmen sie sich gezwungen sah, mit einem stechenden Blick, umfasste mit einem überraschend harten Griff meinen Kiefer, riss mir das Kinn nach oben und schrie: »Antworte gefälligst, wenn du etwas gefragt wirst!«

»Lass gut sein«, sagte Vater.

Mutter starrte ihn an. »Verteidigst du sie jetzt auch noch?!«

»Lass einfach. Lass es einfach gut sein.«

Vater stand auf, er hatte fertig gegessen. Im Vorbeigehen legte er mir die Hand auf die Schulter.

In den folgenden Stunden explodierten so viele Bilder und Leben in meinem Kopf wie nie zuvor. Dutzende Szenen unmittelbar hintereinander, Schlag auf Schlag. Dann rissen sie plötzlich ab und Minuten später ging es erneut los. Ich empfand es wie eine Strafe. Nachmittags konnte ich nicht mehr, schlief vor Erschöpfung im Sitzen ein. In den folgenden Tagen dasselbe, Wachträume im Sekundentakt, vom frühen Morgen an: erhängte Menschen. Lachende Kinder. Ein Bauer, der mithilfe eines Ochsen ein

Feld pflügt. Frisch ausgehobene Gräber. Feuer. Ein Ringelspiel. Ein gefährliches Überholmanöver auf einer Autobahn. Blumen, die ihre Köpfe im Zeitraffer zur Sonne drehen. Ein eiskalter Planet von weit weg. Ein weinender Mann im feinen Anzug. Violett leuchtender Nebel inmitten von Sternen, dahinter ewiges Schwarz. Meine Schwester Isabella als alte Frau ohne Zähne. Ein Mann an der Bar mit einem Glas und zwei befruchteten Eizellen darin, bis ins kleinste Detail zu sehen wie durchs Mikroskop. Meine Schwestern reden auf mich ein. Ist das auch ein Wachtraum? Wie kann ich nur die Schleuse schließen? Es soll nichts mehr rein in mich! Ich kann nicht mehr! Bitte nichts mehr rein! Bitte!

Ich musste weggekippt sein, erwachte hingestreckt auf dem Fußboden. Unmittelbar danach ergriff mich die übliche Angst: dass es gleich, ja gleich wieder begänne. Die folgenden Stunden der Normalität wären himmlisch gewesen ohne diese Angst. Und dann überkam es mich tatsächlich abermals. Ohne Vorwarnung: eine Szene, eine zweite, eine dritte. Durcheinanderflirrende Bilder, als hätten sie etwas miteinander zu tun. Ist das ein Rätsel? Eine Strafe? Wofür? Gott, bist du das? Ist das das Leben? Alles, was jemals geschah und jemals geschehen wird? Durcheinandergeschüttelt und Proben davon

in meinen Kopf geträufelt? Wieso?! Wieso ich?!
Wozu?!

»Mama, komm schnell!«, hörte ich Lilli rufen,
»Mama, schau, was mit Malina los ist! Mama,
schnell!«

Mutter kam, schlug die Hände vors Gesicht und
stürzte aus dem Zimmer.

Als Vater von seinem Grenzgang heimkam, waren
meine Gesichtszüge wieder entspannt, das Zucken
meines Körpers hatte nachgelassen. Ich hörte Mutter
mit Vater flüstern, gleich darauf trat er an mein Bett.
Er sagte nichts, kam nur nahe heran und betrachtete
mich. Er überlegt, ich hoffte, es richtig an seinem Blick
zu erkennen, wie er mir helfen kann. Papa, du tüftelst
an einer Lösung. Papa, du. Du wirst mich retten.

Ich hörte auf zu reden in diesen Tagen. Ich beschloss
es nicht. Es war auch keine Trotzreaktion. Ich hatte
einfach keine Kraft mehr. Nur hin und wieder kippten Worte aus mir, es passierte eher, als dass ich es
beabsichtigte.

Die Stille war schön. Friedlich. In ihr war ich daheim, in sie zog ich mich zurück. Dank ihr wurde
ich auch mit den Wachträumen halbwegs fertig.

*Narrenkastl-Malina*, so riefen mich alle.

Zu jener Zeit besuchte ich die Volksschule im nächstgelegenen Ort. Um in Ruhe gelassen zu werden, erledigte ich alles zur Zufriedenheit meines Lehrers, dann verschanzte ich mich wieder in der Stille. Ich war eine Vorzeigeschülerin, die man nicht vorzeigen konnte.

Mein Lehrer hieß Herr Socher, er war gutmütig und alt. Ich mochte ihn und ich glaube, er mochte mich. Herr Socher war der erste Mensch in meinem Leben, der nicht weißes, sondern harzig gelbes Haar hatte, das kam vermutlich vom Rauchen. Ein Päckchen filterlose *3er* gönnte er sich während unserer Vormittage. Der Zigarettenrauch störte nicht, war kaum zu spüren, weil Herr Socher das vorderste Fenster des Klassenzimmers stets einen Spalt geöffnet ließ, sommers wie winters. Ich saß in der ersten Reihe, direkt vor ihm, mochte die klare, mitunter klirrend frische Luft, die uns beide umwehte, und ich mochte sein Rauchen. Er sah zufrieden und selbstverständlich aus dabei. Wie über die Zeit erhaben.

Neben mir in der Schulbank saß niemand. Das hatte schon seine Richtigkeit, ich war kaum ansprechbar damals. Herr Socher zeigte Verständnis, beobachtete mich fürsorglich aus dem Augenwinkel. Auch er redete nur das Nötigste.

Herr Socher starb, als die Bäume begannen, ihre ersten Blätter auszutreiben. Ich radelte die paar Kilometer in den Ort, um an seinem Begräbnis teilzuneh-
men, und weil ich die einzige Schülerin am Friedhof
war, hatten die Erwachsenen etwas zum Tuscheln.
Als ich an der Reihe war, ein Schäuflein Erde auf
den Sarg zu werfen, bat mich mein Lehrer um einen
Gefallen. Es war nicht so, dass ich seine Worte hörte.
Ich wusste einfach mit einem Mal von seiner Bitte.
Sie war mir so gewiss wie die Tatsache, dass sich eben
eine Wolke vor die Sonne schob, dass der Pfarrer
sich trompetend in sein Stofftaschentuch schnäuzte
und die Frau des Bürgermeisters es nicht und nicht
schaffte, ihren verstohlenen Blick vom jungen Ge-
meindesekretär zu lösen. Herrn Sochers Bitte betraf
den tschechischen General.

Nach und nach löste sich die Trauergemeinde auf.
Wind verwischte die Wolken zu Schleiern und die
Sonne erschien, doch sie wärmte nicht. Immerhin,
die Grabsteine warfen wieder sauber geschnittene
Schatten. Versprengte Amseln sangen silberhell.
    All das erlebe ich wie von weit weg. Ich stand am
Grab meines Lehrers und dankte ihm.

Seine Nachfolgerin, Frau Schemelmann, war etwa
so alt wie Herr Socher und konnte mit mir noch we-

niger anfangen als mit den anderen Kindern. Sie redete sich ein, dass ich mit meinem Schweigen ihre Autorität untergraben wollte, und versuchte, mich zur Besinnung zu bringen. Ich schreckte hoch, wenn sie mich wie aus dem Nichts anschrie, mir Kopfnüsse verabreichte oder mich an *den Süßen* zog, dem Haaransatz beim Ohr. Wenn sie das tat und mir dabei viel zu nahe kam, roch ich sie, ihr Kölnischwasser und ihre dickwollige, leicht säuerliche und zugleich modrige Kostümjacke. Gewiss, für ihren Geruch konnte sie nichts, er war ihr mit den Jahren geschehen und Frau Schemelmann nahm ihn vermutlich ebenso wenig wahr, wie sie ihr Verhalten wahrnahm. Darin steckte sie fest wie in einer düsteren, engen Wohnung. Und mir schien, dass nicht sie darin tat und ließ, was sie mochte, sondern die Wohnung mit Frau Schemelmann tat und ließ, wie es ihr gefiel.

Vermutlich geht es den meisten Menschen so. Sie sind einfach das, was Geburt und Leben aus ihnen gemacht haben. Den allerwenigsten gelingt es, freizukommen. Die meisten sind einfach nur sie selbst, bleiben ein Leben lang in sich gefangen.

Frau Schemelmann jedenfalls war eine gegen ihren Willen griesgrämige Frau. Zuweilen wirkte es, als befiele sie spontaner Ärger, der von nichts weiter herrührte als von ihr selbst. Sie gönnte sich nichts, keine Unbeschwertheit, keine *Undiszipliniertheit*, wie sie es nannte. Sie dachte, wenn sie es schafft, auch uns Kinder in ihre Norm einzupassen, würde das ihrer Welt die ersehnte Ordnung schenken. Frau Schemelmann rauchte auch nicht, natürlich nicht. Sie hielt es für ungebührlich und achtete ängstlich darauf, im Zweifelsfall zu verbieten und zu regeln und zu überwachen, was frei und ungeregelt womöglich zu Leben, ungewissem Leben führen könnte.

Unter Frau Schemelmanns Herrschaft gelang es mir kaum noch, mich in die Stille zurückzuziehen. Ihre Überwachung laugte mich aus. Zugleich kreuzten sich unvermindert Bilder, Szenen und Emotionen anderer in mir. Ich mühte mich, jene Leben in einen Zusammenhang zu stellen, eine Systematik zu erkennen, hoffte, es würde meinen Kopf entlasten. Doch das einzige Ergebnis, auf das ich kam, war, dass ihre Verlorenheit die Menschen einte. Hilflos trieben sie auf den Wellen ihrer Emotionen, wurden hin- und hergeworfen von Empfindungen, die oft auf Missverständnissen beruhten, auf Halbwahrheiten und alten Kränkungen. Alle sehnten sich nach Liebe und Respekt; und beinahe alle glaubten, betrügerisch wenig davon zu bekommen. Es stimmte sie missmutig und aggressiv, ließ sie Krieg führen gegen sich und die Welt.

Ich versuchte, den Irrsinn in meinem Kopf aufzulösen. Doch mit jedem Leben, in das ich blicken musste, türmte er sich bedrohlicher auf, wurde zu einer Welle schweren schwarzen Wassers. Ich sah es noch kommen, dann schluckte es mich.

Der Arzt sagte, es sei ein Nervenzusammenbruch. Er verschrieb mir Medikamente. Einen ganzen Haufen. Auch welche gegen die *psychotischen Schübe*, wie er sagte.

Von all den Tabletten wurde es noch schlimmer. Ich war wie betäubt, rann tröpfchenweise aus, merkte es und konnte doch nichts dagegen unternehmen. Es machte mich wahnsinnig. Die Tabletten gegen meinen Wahnsinn machten mich tatsächlich wahnsinnig. Es war, als würde irgendetwas Fremdes die Kontrolle über mich erlangen. Ich versuchte zu schreien, vergeblich. Versuchte zu weinen, wirkungslos. Schließlich gelang es mir, mit geschlossenen Augen zu sagen: »Papa … Papa bitte hilf mir.«

Halluzinierte ich? War das einer meiner Wachträume? Ich schwitzte unaufhörlich, meine Haut war klebrig aufgedunsen und nicht nur mein Kopf, mein ganzer Körper wie leblos. Ich konnte kaum noch sprechen, selbst wenn ich mich mit Gewalt dazu zwang, es fühlte sich an, als wären meine Adern verstopft mit Bergen von Geröll.

Ich versuchte, mich zu übergeben. Selbst das misslang. Giftiger, bitterer, kantiger Müll hatte sich bis in mein Innerstes gefressen. Als ich die Augen aufschlug, saß Vater an meinem Bett. »Wie, Malina? Wie soll ich dir helfen, weißt du wie?«

Ich hatte keine Ahnung.

Papa, ich weiß nicht, wollte ich sagen, Papa, du musst es doch wissen, du!, du!, du!, wollte ich schreien.

»Ich habe geträumt«, fiel mir ein. »Von … nein, keiner Frau, aber ein Mann war es auch nicht, ich glaube, es war nicht einmal ein Mensch, aber auch kein Tier, oder doch? Es war uralt, aber irgendwie auch jung für immer. Niemand wollte es, obwohl es keinerlei Schuld kannte. Es war alles und lebte einsam. Es war anders als alle anderen, es war … ein bisschen wie ich.« Mühsam öffnete ich, es schmerzte, die Augen. Hatte ich im Schlaf gesprochen?

Vater sah mich erschüttert an. So, als wäre ihm etwas klar geworden. Er nickte vage, berührte meine Wange. »Versuch zu schlafen«, flüsterte er.


An diesem Abend hörte ich Vater und Mutter streiten, vernahm sie schallgedämpft durch einen seidenweißen Kokon, der um mich wuchs, weich und üppig.

Mein Name fiel einige Male, das bekam ich mit. Und dass es wohl darum ging, wie mir zu helfen sei.

»Es ist mir wurscht!«, schrie Vater, wobei er sich anfangs noch bemühte, nicht laut zu werden, aber seine Tonlage verriet ihn von Beginn an. »Deine Familie kann mich am Arsch lecken«, zischte er. »Was für eine Schande!«, äffte er meine Mutter nach.

Ich versuchte, mich zu konzentrieren, doch es gelang nicht, ich konnte mit dem Gehörten nichts anfangen.

»Ich hol jetzt die Schande!«, schrie Vater. »Wir müssen doch was tun, verdammt noch einmal!« Er war wieder zu seiner alten Form aufgelaufen. Doch diesmal erschreckte mich seine Wut nicht. Ich wusste, wusste mit Sicherheit, dass es eine gute Wut war. Und obgleich ich nach wie vor nicht erriet, worüber die Eltern stritten, spürte ich, Vater würde nun das Richtige tun. Ich hörte, wie er aus dem Haus stürmte und hinter sich die Tür zuschmetterte.

ZWEITER TEIL

# Jenseits der Grenze

Ich erwachte und alles um mich war weiß. Daunen-weiß und leicht. Ich darin geborgen, unberührt, flo-ckengleich.

Sofort nahm ich einen Geruch wahr. Erde? Von der Sonne beschienen? Wasser, sickernd aus einer Quelle? Farn? Das Fell einer jungen Katze? Nun sah ich – getrennt von einem Schleier, oder verbunden durch ihn? – das Gesicht einer alten, einer sehr alten, freundlichen Frau.

»Oma?«, fragte ich.

Da verschwamm das Gesicht, verjüngte sich, war das eines kleinen Buben, dem wuchsen semmel-blonde Haare im Gesicht und da war es ein Hunde-welpe, doch gleich darauf ein dunkler, pockennarbi-ger Mann, ein Fels, der lebte, wie schön, ein zotteliges Wesen, freundlich alles.

Selatura.

Mit einem Mal wusste ich den Namen.

Und zugleich wusste ich: Selatura war alles. Keinerlei Grenzen würde Selatura unterliegen. Keinem festen Aussehen, keiner Größe und Substanz, keinem Geschlecht und keiner engen Meinung.

Ich tastete nach *seiner* Hand. Sie reichte sie mir. Vorsichtig berührte ich die Spitzen *seiner* Krallen, strich über *ihr* Fell, drehte die Handfläche nach oben und betastete die ledrig gepolsterte Haut, Löwenpranke. Selatura, jetzt hast du Vogelaugen. Wie stark wird deine Stimme sein. Ihr Atem ging ruhig.

»Endlich. Endlich bist du da«, sagte ich. Selatura betrachtete mich.


Als Vater den Raum betrat, war Selatura aus hellem Opal.

»Zeit für deine Medikamente, Malina.«

»Tun sie gut?«, fragte Selatura.

Welch einfache Frage. Ich erwog meine Antwort. »Papa«, sagte ich und holte Luft, »Papa, bitte sei nicht böse. Aber ich nehme die Tabletten nicht mehr, nie mehr wieder nehme ich sie.«

Vater starrte mich an. Und dann, dann war sein ganzer Widerstand ein sorgenvolles Atemholen, ein verlorener Blick, der hatte die Form eines Fragezeichens, von Selatura, zur Zimmerdecke, seinen Füßen. Selatura neigte beruhigend den Kopf.

»Gut. Gut, Malina«, sagte Vater gedämpft. Und

schloss die Tür, wie es Diener in alten Filmen tun. Uns zugewandt zog er sich zurück, gesenkten Blicks. Langsam vergehend.

Meine Augen wurden schon wieder schwer. Der Schlaf, er kam als gusseiserner Kolben, setzte in meinem Kopf zu einer trägen Bewegung an. Gleich würde der Kolben elliptisch nach hinten kippen und ich mit ihm. Selatura, du gehst nicht fort. Hätte ich die Kraft, dich zu fragen, du würdest es versprechen. Ach, Selatura. Eberklauen, Feenhaar. Gleich werde ich …

\* \* \*

An die zwanzig Stunden muss ich weg gewesen sein. Aus der vergehenden Nacht erhob sich silbern ein erster Hauch Helligkeit. Das Erwachen war ein anderes als sonst. Wie zugedeckt vom Schlaf war ich noch und das Leben flüsternd, doch klar. Ich atmete in meinen Kopf, tiefströmend wie in eine Höhle. Dann besah ich meinen Körper von oben bis unten und erkannte wie nebenbei und völlig gelassen: Das, was da atmete und lag, war ich nicht. Ich war das, was hoch schwebend *in* dem sich aufhielt, was da atmete und lag. Ich war das, was es beobachtete.

Dieses Mädchen hier war nicht nur nicht ich, es

gehörte mir auch in keiner Weise an, ich nutzte es nur. Es war mir wie ein Mittel, in das ich geschlüpft war, die Welt zu bereisen, zu beschauen, wahrzunehmen. Bei Gelegenheit könnte – und würde ich auch – ein anderes Mittel wählen.

Als dieses Mädchen hatte ich gedacht, ich sei. Hatte gedacht, was ich denke und fühle und tue und leide, sei von ausschließlicher Bedeutung. Doch nun, da ich erkannte, erkannte ich auch für die Kleine. Sie war darüber wundersam erleichtert, wundersam entwundert. Und augenblicklich völlig klar und leicht und froh. Wie sie zuweilen in Ideen schlüpfte, war ich in sie geschlüpft. Wohlig rekelte sie sich. Ich fühlte es in mir.

Als die Klarheit ausfranste und allmählich zerfloss, dachte ich für das Mädchen noch einen Wunsch; jenen, dass es sich ab und zu erinnert, wer es war; erinnert, dass es sich selbst beobachtete und nicht allein dieses Mädchen war, diese Mutter, dieser Vater, der tschechische General, eine Lehrerin, ein Lehrer, sondern grenzenlos mehr. Alles konnte sie leben, alles sein, alles erfahren über sich.

DRITTER TEIL

# Zenons Zelt

Als ich zu mir kam, saß Selatura an meinem Bett und betrachtete mich.

»Selatura, wer bin ich?«, wollte ich wissen, denn eben hatte ich von etwas Unglaublichem und doch Einfachem erfahren, an das ich mich jetzt schon, unmittelbar danach, nur noch vage erinnerte. Und wie lange würde es dauern und es wäre mir ganz zerronnen?

»Was meinst du mit ›Wer bin ich‹?«, gab Selatura zurück.

»Ich weiß nicht. Kurz habe ich geglaubt ... ich weiß nicht mehr ... es ging glaube ich darum, ... dass ich nicht wirklich bin.«

»Du bist es, mein Kleine. Alles ist wirklich.«

Augenblicklich gab mir Selaturas Antwort Sicherheit. Doch unmittelbar darauf fiel mir ein: »Oft sehe ich Dinge, Selatura, die niemand anderer sieht.«

»Jedem sein Wissen«, antwortete Selatura, »jedem sein Quäntchen vom Vielleicht.«

»Aber habe nun ich recht oder die anderen?«

Selatura schwieg. Und erzählte schließlich von zwei Käfern, die waren uneins, wo die Welt endete. Also krochen sie in entgegengesetzte Richtungen, um nachzusehen. Der eine Käfer konnte bei einem Fels nicht weiter, der andere bei einem Fluss. Sie kehrten um und der eine berichtete, die Welt ende an einem Felsen, der andere wusste, die Welt ende an einem Fluss.

»Beide Käfer«, sagte ich, »waren dumm, beide glaubten zu wissen, hatten aber unrecht.«

»Du bist streng«, meinte Selatura, »könntest doch auch sagen, beide hatten recht. Käferrecht.«

Ich zweifelte, ob ich die Lehre aus Selaturas Erzählung begriffen hatte, und fragte, ob auch ich wie ein Käfer sei, lediglich ein Käfer, der zu wissen glaubte.

Bedächtig wiegte Selatura den Kopf. »Du, meine Kleine, bist anders als die anderen, du bist ein Käfer mit Flügeln.«

Damit wollte ich mich nicht zufriedengeben. Wie albern das war, verdeutlichte mir Selaturas Frage. »Du willst noch mehr zu wissen glauben, nicht wahr?«

…

»Schon gut.« Selatura besah mich freundlich.

»Komm, schließ die Augen.«

Selatura, so fühlte es sich an, umfasste meinen Unterarm, worauf mich feinsandiger Wind durchrieselte. Er glitt unter meine Kopfhaut, strich kühl hinab, den Nacken, die Wirbelsäule. Ich spürte ihn an den Beinen, den Füßen, den Sohlen. Dann hob es mich. Und weg …

»Treten Sie näher!«, rief ein schrumpeliges Männlein und schwang seinen grünen Hut. »Treten Sie ein, meine Dam- und Herrschaften, meine verehrten Kinds- und Katzköpfe, treten Sie ein!«

Verstört wandte ich mich zu Selatura.

»Du wolltest doch mehr sehen von allem. Wirst du nun wählerisch?«

»Aber Selatura, das ist doch nur ein Traum, nicht wahr? Dieses komische Männlein samt seinem Zirkuszelt dahinter?«

»Kein Traum. Und selbst wenn, ein Traum birgt nicht mehr Illusion als das Wachsein. Das eine ist das Kind des anderen.«

Es muss ein Traum sein, ich bin mit Selatura in einem Traum, dachte ich unvermindert und versuchte, die Augen aufzureißen. Da zog sich das schrumpelige Männlein den grünen Hut bis über die Augen tief ins Gesicht.

»Träume!«, rief es mit krächzender, fast schep-

pernder Stimme, »Träume sind Räume mit T, Grünschnäbelchen. T-t-t-rrräume, Tatsachenräume!«

Einem Fluglotsen ähnlich streckte das Männlein
nun beide Arme gerade nach vorne, drehte sich dabei
rufend nach rechts: »Das, was nicht ist«, und sofort
darauf nach links, »ist gleich dem, was ist!« Rufend
schwenkte es hin und her: »Scheinbar wach – offenbar schlafend! Offenbar wach – scheinbar schlafend!«

Mit einem Ruck zog sich das Männlein seinen
grünen Hut, den es die ganze Zeit übers Gesicht ge-
stülpt gehabt hatte, nach oben und zwinkerte mir
zu. Tat dann nichts weiter, als den Eindruck zu er-
wecken, dass es sich über irgendetwas amüsierte.

»Wie heißt du?«, fragte ich.

»Zenon«, antwortete das kleine Ding, verbeugte
sich mit einer höfischen Armbewegung und plauderte
dann drauflos: »Ein Freund Selaturas bin ich und ein
ebenso guter von dir, mein Grünschnäbelchen, drum
weiß ich, dass Dinge in dich purzeln, in dein Köpf-
chen und dein Herzchen, die da gar nicht hingehö-
ren. Auch weiß ich, dass dir manchmal Welt und Leben zerwackeln, zerrieseln, zergehen. Und klar, wenn's
dein Immerweniger gibt, gibt's auch dein Immermehr.
Alles keine Zauberei, weil oben und unten, klein und
groß – dieselbe Soß.« Zenon machte eine linkische
Bewegung. »Schau ruhig selbst! Oh ja! Tritt nur ein!
Doch wehe, du glaubst nicht, sobald du weißt!«

Wir näherten uns Zenons Zelt, indem wir unter einem windgebauschten Baldachin hindurchschritten. An dessen Ende schoben wir eine Reihe durchscheinender Vorhänge beiseite und schlüpften auf diese Weise Schicht für Schicht voran ins Innere. Das Zelt erwies sich als überraschend weit und hoch und offen und schien zusehends zu wachsen, je tiefer wir eindrangen. Nach und nach erst erkannte ich, dass wir uns in einem schier endlosen Palast befanden. Der jedoch war völlig leer, rein gar nichts war darin, nichts wartete hier auf mich. Da stand Zenon einen Saal weiter und fächerte mir mit seinem Hut blassviolette Wölkchen zu, die dufteten … dufteten nach Winterluft. Unversehens und ohne auch nur einen Schritt getan zu haben, stand ich Zenon wieder ganz nahe.

»Du kannst Zenon nun befragen«, sagte Selatura, »frage nach allem, was du wissen möchtest.« Ich besah das Männlein.

Wie geht es dir?, wollte ich zuerst höflich sagen. Fragte dann aber: »Was machst du hier?«

»Uns allen hier ist's gleich, ganz gleich, wenn sich die Menschen erschlagen, wenn das Gras und die Tiere sterben, wir leben, leben, leben, haben eure Einfältigkeit nicht satt.«

»Was ist das hier? Wo sind wir?«

Zenon gluckste amüsiert. »Wir sind in deinem

Kopf, Grünschnäbelchen. Oh ja! Da steckt viel mehr drin, als du denkst. Mehr als du dir jemals denken kannst«, kicherte der Gnom, »viel mehr steckt da drin, im Kopf. Ich zum Beispiel, ich steck drin, ja, ja, ich und du.« Vergnügt sprang das Männlein von einem Bein aufs andere.

»Du bist nicht echt, nicht wirklich«, beharrte ich.

»Keine Beleidigungen, junge Dame«, sagte Zenon und tat, als wäre er beleidigt. »Ich bin mindestens so echt wie du, Fräulein Naseweis. Mindestens.«

»Warum ist es so leer hier, wenn doch angeblich so viel drinnensteckt? Mir scheint, als gäbe es nur dich hier.«

»Hier steckt viel drinnen, aber es ist eben auch viel Platz hier, noch mehr Platz als drinnensteckt eben. Andersherum würde das All ja platzen. Aber keine Sorge, da oben bei dir«, Zenon tippte sich an die Stirn, »ist es rie-rie-riesig. Andererseits aber auch winzig«, fügte er schelmisch hinzu. Momentan befinden wir uns in deinem siebentrilliardstenfünfhundertundzwölften Wahrscheinlichkeitsgedanken, gerechnet seit deiner Ankunft vorhin. Ist es nicht gemütlich? Mach's dir ruhig bequem in dir!«

»Und was passiert«, fragte ich, »wenn ich nicht mehr bin? Wo bist du dann? Was passiert dann mit dir?«

»Ach«, seufzte Zenon gelassen und gab seinem grünen Hut einen beiläufigen Stups, sodass er widerstandslos auf dem Kopf rotierte und erst stoppte, als Zenons kleiner Finger ihn antippte. »Wenn du nicht mehr wärst«, plapperte das Männlein, »täte das für uns hier nichts zur Sache, wir lebten trotzdem weiter in Gedanken. Die halten ewiglich, ziemlich ewiglich.«

»Wie groß bist du, Zenon? In Wirklichkeit meine ich.«

»Du mit deiner Wirklichkeit! Siehst du denn nicht, wie groß ich bin? Kleiner bin ich als das kleinste Teilchen, das eure Wissenschafter lustig im Kreis laufend suchen. Nichts nämlich ist unteilbar, nichts ist das Kleinste und nichts ist das Größte. Ewiglich einfaches Einmaleins wie bei dir in der Dorfschule: Division, Multiplikation, Abstraktion, Illusion.«

Jetzt erst bemerkte ich das Kügelchen in Augenhöhe. Wie schwerelos schwebte es im Raum. Ich streckte meinen Finger danach aus.

»Bitte nicht angreifen!«, rief Zenon. »Das gehört meinem Meister.« Das Männlein sprang schützend zwischen mich und das fingernagelkleine, glänzende Ding, das unbewegt im Saal zu hängen schien.

»Und außerdem! Was heißt hier Kügelchen, Grünschnäbelchen? Erkennst du denn nicht dessen Un-

ermesslichkeit?« Zenon schnaufte theatralisch ein
– »meines Meisters Kugel!« – und schnaufte bewun-
dernd aus. Grinste daraufhin über beide Ohren.
»Mein Meister versteckt darin viele, viele Versen, die
alle wirken, als wären sie Uni- …«

»Mädchen!« Zenon stellte sich unmittelbar vor
mir auf die Zehen, machte sich groß, soweit ihm das
möglich war, und rief: »Sei nicht so streng zu deiner
Welt, lach doch einmal. Ist alles nur Spaß, nur Spaß!
Und du lachst zu wenig über all und es und alles.
Aber pass auf, das haben wir gleich. Komm mit hier
herüber!« Zenon griff nach meiner Hand und zog
mich zu einer der Zeltwände. Sie erwies sich als pols-
terweich und träge pulsierend.

»Hier«, sagte Zenon. »Drück hier einmal dagegen.«

Ich sah zur Seite. Selatura nickte ermunternd.
Also drückte ich gegen die blubbernde Zeltplane.
Doch nichts geschah.

»Fester!«, rief Zenon, »fester, Grünschnäbelchen!«
Ich drückte abermals, mit beiden Händen diesmal.
Da kitzelte und kribbelte es in meinem Bauch, ich
musste losprusten, warf mich gegen die Wand und
fiel regelrecht hin vor Lachen, kugelte auf dem Boden herum und hielt mir den Bauch vor Lustigkeit.

»Gib acht!«, rief Zenon. »Pass auf, dass du nicht
hier gleich daneben ankommst, sonst wirst du trau-

rig sein und so bestürzt, dass keine Träne dir Abhilfe verschaffen kann.«

Als ich mich gefasst hatte, gingen wir weiter. Durchmaßen Zenons Zelt. Schließlich verjüngte sich einer der Säle. Etwas, dessen Existenz ich spürte, das sich aber erst am Ende des Saales befinden würde, schien mir entgegenzuströmen. Und zugleich zog es mich an. Ich ging darauf zu, ließ die anderen hinter mir, lief, wurde schnell und schneller. Bis ich schließlich, mehr war da nicht, vor zwei ebenmäßigen Torbögen stand. Über einem glaubte ich »Apollinium«, über dem anderen »Dionysium« zu lesen, beides sagte mir nichts.

»Wir sind nun – Unwissenheit schützt vor Tugend nicht, Klugheit nicht vor Eselei – an einer wichtigen Weggabelung«, sagte Zenon und kicherte. »Hier und immer wieder entscheidest du, wie es weitergeht mit dir. Wie geht es also weiter mit dir? Lechts oder rinks?«

Mich überraschte, was ich nun tat. Weder schritt ich durch den rechten, noch schritt ich durch den linken Torbogen, sondern: in deren Mitte hindurch. Dort, wo kein Durchkommen und keine Möglichkeit zu sein schien, wandelte ich mehr als dass ich ging, zentral durch die Wand.

»Menschenskinder!«, rief Zenon. »Immer wieder

das Gleiche mit ihnen und doch für eine Überraschung gut.« Er schüttelte den Kopf, erstmals mit Staunen und womöglich, ja womöglich ein wenig Respekt.

»Alles, was dir von nun an widerfährt, gerät dir zur Möglichkeit«, sagte Zenon in einer Weise, als hätte er schon mehrmals Gelegenheit gehabt, diesen ausgesucht eleganten Satz vorzutragen. »Kein Suchen ist mehr nötig«, sprach er bedächtig weiter. »Alles Leben kann dir Antwort sein.«

Dann schloss Zenon ehrfurchtsvoll die Augen, wies in die Weite und sagte nur ein Wort: »Sieh.«

Ich tat einen Wimpernschlag und sah, glitzernde Spinnfäden entsprangen dem Zentrum des Saales. Es war kein Saal wie die bisherigen. Offen nach allen Seiten war er, nach rechts und nach links, nach vorne und nach hinten und auch nach oben und nach unten. Dennoch nahm ich ihn als Saal wahr. Als raumlosen Raum.

Die Fäden, die ihm entsprangen, eilten in alle Richtungen. Als zerstöbe ohne Unterlass eine Schneeflocke aus Licht.

»Was ist das? Wer macht das?«, fragte ich, stimmlos beinahe.

Zenon zuckte mit den Schultern. »Es war schon lange vor uns da. Wer weiß schon, was es soll?« Verträumt legte Zenon den Kopf schief.

»Es ist nur ein Faden, obwohl er aussieht wie unendlich viele.« Ich sprach den Satz einfach so. Ohne Zutun war er mir aus dem Mund gerutscht.

»Schnurrig, schnurrig, dass du das sagst, Mädchen, denn die Ältesten berichten, dass einst die Jüngsten dasselbe sagten. Und die Legende erzählt auch: Jenes, das hier so vor sich hin spinnt, hat längst selbst den Faden verloren, weiß weder ein noch aus noch wie, woher, warum. Und ein Letztes noch erzählt die Legende: Der Anfang des Fadens, würde er je gefunden, wäre wahrlich das Ende.«

»Wie ist das gemeint?«

»Ja wie wohl? Keiner weiß so recht«, antwortete Zenon. »Aber allen geht doch etwas das Zipperlein wegen der offenbaren Mehrdeutigkeit.«

Ich hörte ein Winseln, oder war es ein pfeifendes Schnarchen? Und bemerkte den Hund vor dem Saal. Er lag in einer transparenten und doch rundum verspiegelten Halle. Alles und jedes spiegelte sich darin, nur nicht der Hund. »Das ist der alte Berkeley«, sagte Zenon. »In allem ist er seinem Herrn gefolgt, hat ihm alles nachgetan. So ist auch ihm sein Bild verschwunden. Alles sieht und alles kennt er von allen Seiten. Sein Ich aber erkennt er nicht.«

Ich verstand nicht bis ins Letzte, was das bedeuten mochte, doch es machte meine Augen tränen.

»Berkeley, der alte Hund«, sagte Selatura nach einer Weile, »ist nicht traurig. Und er ist auch nicht alleine. Er sieht all das. Und wenn er es recht beschaut, sieht und spiegelt er sich in alldem. Alles ist er. So lebt er, selbst wenn es ihn womöglich gar nicht gibt.«

Ich verspürte einen Stich im Herzen, denn augenblicklich ahnte ich, wie Berkeley empfand. Grenzenlos alles sah, erlebte und fühlte er, statt seines ihm verloren gegangenen, kleinen Ich.

»Hast du schon genug?« Zenon klatschte in seine kleinen Hände. »Oder möchtest du dich noch weiter herumführen lassen in dir?« Er hampelte von einem Bein aufs andere. »Hm? Hm? Hm? Möchtest du sehen, was du sonst noch bist? Noch mehr sehen von dir?«

»Was ist das?«, fragte ich. Vor uns lag eine Art Schaufensterpuppe. Lag dumm hingestreckt einfach nur so da. In einigem Abstand lagen weitere von derselben Art. Eine sprach, ohne Mund oder Augen zu öffnen: »Ich denke, … also bin ich.«

Zenon machte eine wegwerfende Handbewegung. »Ach, die sind nicht weiter von Interesse. Sind uns übrig geblieben, simple Massenware. Made in weiß Gott wo.«

»Welchen Sinn haben sie?«, wollte ich wissen. »Welchen Nutzen?«

»Die Dinger waren nur zur Ablenkung da«, antwortete Zenon gelangweilt, »hat aber nicht funktioniert.«

»Was hat nicht funktioniert?«

»Die Ablenkung. Wir wollten die da statt uns denken lassen, weil das Denken so beschwerlich und beschwerend ist. Aber wie gesagt, hat nicht funktioniert. Kein bisschen. Einer von uns hat dann das Gegenteil versucht. Um sich das Denken abzugewöhnen, hat er an einem einzigen Tag so viel und so schnell gedacht, dass ihm zum Weinen und zum Lachen gleichzeitig war. Was soll ich dir sagen: Er ist verrückt geworden daran. Nicht wegen der Dinge und Verhältnisse, sondern wegen des Nachdenkens darüber. Das Leben ist nicht verstehbar, verstehst du? Wenn du es trotzdem versuchen willst, na viel Spaß! Und schon gar nicht ist das Leben erklärbar. Gib jeder eine Nasenreiberin, die dich glauben machen will, sie kann's. Es ist nämlich so, Grünschnäbelchen: Das Leben ist zeitlebens unaussprechlich. Spricht es jemand aus, und glaubt, das ist's, lach ich laut. Ha!«

Ich erwachte und taumelte, musste mich übergeben. Fürsorglich hielt Selatura meine Haare. »Gut so, gut Mädchen, jetzt sollten bald alle Medikamente draußen sein.«

\* \* \*

*4. Juni 1989: In Chinas Hauptstadt Peking wurde heute auf dem Platz des Himmlischen Friedens ein Volksaufstand brutal niedergeschlagen. Die chinesische Demokratiebewegung, angeführt von Studenten, ist von beginnenden Reformen in der Sowjetunion und in Osteuropa inspiriert. Aufgrund der Tumulte konnte Chinas Regierung den sowjetischen Präsidenten Michail Gorbatschow nicht wie geplant auf dem Platz empfangen. Tausende Menschen dürften in Peking getötet worden sein.*

»Wie geht's Malina, Mama?«

»Sie wird schon wieder, lass Vater jetzt die Nachrichten hören.«

*Bei den ersten ansatzweise demokratischen Parlamentswahlen in Polen gewann die Oppositionsbewegung Solidarność unter der Führung des ehemaligen Werftarbeiters Lech Wałęsa mit überwältigender Mehrheit. Der Bürgerrechtler Tadeusz Mazowiecki wird erster nichtkommunistischer Ministerpräsident. Diese Wahl könnte der historische Beginn einer echten Wende im Ostblock sein.*

»Und wie lange muss Malina noch im Bett bleiben?«

»Mutter hat gesagt, du sollst leise sein. Malina braucht Ruhe, dann wird sie bald wieder gesund.«

»Die anderen haben gesagt, sie muss ins Irrenhaus.«

»Die anderen! Welche anderen? Wer redet so einen Blödsinn? Malina braucht nur Ruhe. Außerdem heißt das nicht Irrenhaus, sondern Psychiatrie. Sie braucht nur Ruhe. Sicher braucht sie nur Ruhe.«

* * *

**Auf den taunassen Mohnfeldern des Hochplateaus begann der Morgen. Als Wind aufkam, breitete Hypnos, nackt und Mohnblüten im Haar, seine Arme aus. Auf sein Zeichen hin reiften die Samen, fielen in die Hohlräume der Kapseln, rasselten, rasselten, rasselten dort, als stärker wurde der Wind.**

»Selatura? Wo sind wir? Ist das Nebel, dieses Grau? Mir ist, als sähe ich alles von weit weg.«

»Entspanne dich, es ist nicht nötig, alles zu verstehen. Du brauchst die Beschaffenheit der Sterne nicht zu kennen, um an ihrer Schönheit teilzuhaben. Lies die Welt offen wie ein Buch. Finde dich darin, doch suche nicht.«

**Der Regen fiel so zart, dass er unsichtbar war. Er umfing den Mohn, umfing die Haut, doch kein Tropfen war zu sehen, Himmel, samtenes Nass.**

**Leichtfüßig kam Pythia herab, schloss Hypnos die Lider und hauchte warm in sein Ohr: »Ich gestatte dir,**

nicht zu wissen. Freue dich. Freue dich sehr. Oder stirb vor Qual.« Sanft zwang sie ihn zu Boden, öffnete anmutig ihre Lippen, drückte Hypnos' Lenden tief in den Lehm. Er wagte nicht zu fragen, nahm lusttrunken hin, was war. Sie liebte sich, indem sie ihn liebte, rührte den Boden, küsste, küsste, küsste ihn, führte Hypnos' Hände an ihre Brust, Mohnblüten trug er im Haar.

Pythia rief, rief in die Himmel, und dann fiel der Regen, wie stark. Er fuhr herab, peitschte den Boden, umfloss die Erde und sickerte ein. Und Pythia hieß ihre Kinder Menschen, gezeugt in Sehnsucht und Traum.

»Selatura? … Kann es sein? Dass ich … dass ich einmal diese Frau sein werde? Oder es schon gewesen bin? Selatura, ich verstehe das alles nicht. Bist du noch hier? Natürlich, du lässt mich nicht allein!«

Zikaden rieben rücklings ihre Flügel aneinander, säbelten unentwegt. Kreischendes Fiedeln, Stimmfühlungslaute.

Luft trug ihre Lieder und so wurden sie ruhig, denn gewiss war nun, dass andere waren, und waren andere, galt auch das eigene Ich. Leben! Rücklings rieben sie ihre Flügel. Erkannten einander, erkannten sich.

»Selatura, warum zeigst du mir all das. Selatura?«

Zwei Gelehrte mit weiten weißen Gewändern und Turbanen über ihren sonnendunklen Gesichtern, Rücken an Rücken saßen sie. Beide hielten ein schweres, in Leder gebundenes Buch über ihren Knien, blätterten darin, lasen, blickten erneut in die Weite. Der eine saß gerade noch im Salz des Meeres, der andere gerade noch im Wüstensand und beide schauten weit, weit bis übers Erdenrund, sodass ihre Blicke sich trafen und die Gelehrten einander – obgleich sie doch Rücken an Rücken saßen – ins Antlitz sahen.

Jener, der zur Wüste gewandt saß, sprach zuerst: »Wir erschufen den Menschen und wissen, was ihm sein Inneres zuflüstert. Und wir sind ihm näher als seine Halsschlagader. Sure 50, Vers 16.«

»Dennoch erkennen die Menschen uns nicht«, sprach der andere, der zum Meer gewandt saß, »denn sie fühlen Wellen nur, wenn sie brechen. Kapitel 14, Vers 44.«

»Wir schufen Himmel und Erde. Sure 50, Vers 38«, rezitierte der andere.

»Auch schufen wir Zeit und Raum. Unermesslichkeit in einer Nussschale schenkten wir. Kapitel 1, Vers 3.«

»Und gewiss, ein Tag bei deinem Herrn ist wie tausend Jahre nach eurer Berechnung. Sure 22, Vers 47.«

Der Gelehrte warf ein Sandkorn ins Meer, so dass es aufschäumte viele Meter hoch. »Alles ist, mit der Gedanken Kraft. Kapitel 9, Vers 13.«

Lange noch saßen die beiden Rücken an Rücken. Ihre Blicke strichen von der Weite des Wassers und des Landes zur Weite und Tiefe ihrer Bücher. So würden die Gelehrten niemals zu erkennen vergessen, was Wirklichkeit war.

Als der Abend kam, rezitierte jener, der dem Meer zugewandt saß: »Und er fragte, wann sie weiter sähen, bei Helligkeit oder im Dunkeln. Und alle riefen: ›Bei Helligkeit, Herr, bei Helligkeit sehen wir weiter.‹ Und der Herr gab milde Antwort, indem er nach oben zu den funkelnden Sternen wies. ›Seht ihr bei Helligkeit auch dies?‹ Da erkannten die Menschen. Und abermals belehrte der Herr sie, fragte, wie noch weiter zu sehen sei als bei jener weiten Dunkelheit. Doch keiner wusste Antwort. Da hieß der Herr sie, die Lider zu schließen. So könnten sie sehen, was für ihre Augen zu groß und zu klein, zu fern und zu nah. Warum dies so sei, fragte der Jüngste, nur er getraute sich. Und der Herr legte die Hand auf des Jüngsten Scheitel und antwortete, dass die Finsternis hinter seinen Augen von hohem Glanze sei. ›Im Dunkeln‹, schloss der Herr, ›liegt die Wahrheit.‹ Doch noch immer verstand der Jüngste nicht und er getraute sich, es dem Herrn zu sagen. Und der Herr lächelte und sprach: ›Kein Funke und kein Kerzenschein drangen je von deinen Augen in deines Kopfes Innere, dennoch macht dein Geist Licht daraus.‹ Und da die Hand des Herrn weiterhin auf dem Scheitel des Jüngsten ruhte, sprach er: ›Hier siehst du, obgleich Dunkelheit herrscht. Hier hörst du, obgleich Stille ist. Hier fühlst du, obgleich keine Berührung hinreicht. Und hier riechst du, obgleich kein Duft eindringt. Schatten sind es, die deine Sinne wahrnehmen, dein Geist aber macht Wahrhaftigkeit daraus.‹ Nun hatten der Jüngste und mittels seiner Fragen auch die anderen verstanden. Und der Herr sprach zu ihnen: ›Jene Schatten bestimmen euer Tun und Lassen, euer Wohl und Weh. So also lebt ihr.‹ Liebevoll besah der Herr den Jüngsten. ›Von mir kam das Leben. Was ihr aber schöpft daraus, liegt bei euch. Schöpft an eurer Oberfläche oder bis tief aus unermesslichem Grund. Lebt Schatten nur oder lebt das Licht.‹ Da schloss der Jüngste die Augen, atmete, vergaß seine Sinne. Und als die anderen nach ihm sahen, war er nicht mehr. Kapitel 104, Vers 88–109.«

»Um Himmels willen! Sehen Sie nicht, dass sie am Kollabieren ist? Seit wann blutet sie so stark aus der Nase? Lassen Sie los! Sie müssen uns jetzt durchlassen!«

* * *

»In diesem Zustand bringt ihr das Mädchen zu uns?«

»Was hätten wir tun sollen? Sie ist uns während der Fahrt weggekippt, gerade vorhin.«

»Ihr hättet sie auf die Intensivstation bringen müssen! Na macht schon! Macht schon!«

»Selatura, wo bist du? Selatura!«

»Keine Angst, Grünschnäbelchen, du bist nicht allein!«

»Zenon! Gott sei Dank, Zenon! Zenon, wo bin ich, wo haben die mich hingebracht? Ich will wieder heim!«

»Ach Grünschnäbelchen, du bist doch daheim, kannst gar nicht mehr daheim sein als jetzt und immer. Erinnerst du dich nicht mehr? Wir sind in deinem Kopf. Alles in Ordnung! Alles nur Spaß! Lach ruhig darüber. Denn wenn du nicht lachst über das Leben, dann musst du weinen, und wer will das schon ein Leben lang. Ist doch besser zu lachen, viel besser ist das!«

»Noch einmal zehn Milligramm«, sagte die Oberärztin.

»Grünschnäbelchen, lass los, wehre dich nicht so, mach dir nicht so viele Gedanken! Gedanken machen viel zu viel Wirbel, wie ein Bienenschwarm im Kopf sind sie. Und was rauskommt beim Denken, ist sowieso nur albernes Zeug. Alles Menschliche ist

Irrtum. Und die Klügsten dürfen sich rühmen für den nächstbesten, oberschlausten Irrtum. Der neueste Stand des Wissens ist stets der neueste Stand des Irrtums. Grünschnäbelchen, das solltest gerade du doch wissen, gehst doch schon so lange in den Köpfen der Leute spazieren.«

»Sie kollabiert uns schon wieder. Ich spüre keinen Puls mehr. Schnell, macht schon!«

»Sternchen? Eins, zwei, drei Sternchen? Wenn du Sternchen siehst, macht das nichts, Grünschnäbelchen, Sternchen sind doch schön. Erst wenn du keine mehr siehst, ja dann, ja dann, ja dann. Wo ist dann die gewohnte Ordnung hin, die Übersicht? Wo ist dann oben und unten, wo rechts und wo links, was ist wirklich, was nur wahr, wer bist du dann und wo und wie und was? Alles Unmögliche wäre dann möglich. Sternchen siehst du, Grünschnäbelchen? Dann ist's doch gut. Alles nur Spaß!«

* * *

»Defibrillator!«
　»Achtung, weg. … Jetzt!«

Was ist das für eine Spirale?

Ich falle!

Wie schnell! Wie schnell das geht!

»Erst das Nichts eröffnet dir alles.«

Hallo, wer ist da?

»Gelehrige Albernheiten der Menschen.«

»Wie belanglos ihre Themen.«

»Warum trägt sie nichts? So aufrecht und elegant.«

Was soll das? Vergangenheit vor Gegenwart. Ist das eine Wiederholung? Eine Zeitschleife? Bitte nicht!

»Ich bin kein Mädchen mehr. Seht nur, wie groß ich bin!«

»Achte auf deinen Kopf in Platons Höhle!«

»Welch melancholische Stimme, welch beeindruckende Frau!«

»Wirst du es glauben, sobald du es weißt?«

*Gestern sann ich nach über das Sein. Heute beobachte ich es. Ich gestehe, eine jener gewesen zu sein, die zweifelten. Wie sollte es möglich sein, das Leben anschaulich darzustellen, seine unendliche Fülle greifbar zu machen und seine Harmonie aufzulösen in einander ergänzenden Widersprüchlichkeiten? Es bewegter zu machen, als es war. Nun, es gelang. Und wie es gelang! Mit einer Wucht, die mir den Atem raubt, mich rührt und: mich zweifeln lässt an meinem Werk.*

*Gewiss, all die Menschen, die von mir und den anderen initialisiert wurden, besitzen kein Eigenleben. Ihre Freude und ihr Leid sind wie sämtliche andere Regungen und Handlungen bloß Ergebnis der offenen Programmierung. Doch mittlerweile haben sie sich erstaunlich entwickelt und muten mitunter so wahrhaftig an, dass sie mich erinnern ... an mich. Besonders dieses eine Mädchen. Dieses Mädchen an der Grenze, das – kann es Zufall sein? – sogar meinen Vornamen trägt.*

*Durchaus weiß ich es besser und doch ertappe ich mich beim Zweifeln, ob die Menschen noch immer aus nichts weiter als unseren Ideen und Impulsen bestehen. Sie haben Emotionen ausgebildet, sich Moral und Gesetze gegeben und das Bedeutsamste: Sie hinterfragen ihre Existenz, forschen nach dem Woher und dem Wohin. Immer stärker bedrängt mich die Frage: Haben wir es zu weit kommen lassen? Wenn die Menschen mittlerweile solcher Ideen fähig sind, ist es dann weiterhin gerecht, sie Erfindung zu nennen, sie ungefragt zu studieren? Oder ist es an uns, anzuerkennen, dass sich eine neue, entwickelt hat?*

*»Malina«, sagte der Vorsitzende zu mir, »wir haben sie geschaffen und wenn wir den Stecker ziehen, ist es auch wieder aus mit ihnen.«*

*Ich stimmte ihm zu. Doch es fühlte sich falsch an.*

*»Sie sind nicht real«, ergänzte er. »Es handelt sich*

*ausschließlich um hoch entwickelte Produkte unserer Vorstellungskraft.«*

*Das war wohl richtig. Ich wiegte den Kopf.*

*Zudem sei die Simulation von Leben schließlich Zweck unserer Schöpfung gewesen.*

*Ja, zugegeben, ja!*

*Der Vorsitzende seufzte. Er war mir wohlgesonnen. Wo, fragte er und hob die Augenbrauen, sei der Unterschied zu ehemals selbst lernenden Algorithmen, zu autonomen Systemen oder Computerspielen der letzten Generation? Damit hätte ich doch auch keine Probleme.*

*Ich atmete aus, wandte mich ihm zu. Und da sah ich es: Auch der Vorsitzende hatte Zweifel. Ich legte meine Hand in seine.*

*»Was schlägst du vor zu tun?« Er blickte auf. »Was, Malina?«*

*Wir hatten die Menschen geschaffen, um das Entstehen von Leben und dessen Evolution besser verstehen zu lernen. Der Plan war gewesen, uns durch sie selbst zu erfahren; zu ergründen, wohin ein evozierter Nullpunkt führen kann, zu beobachten, ob Gesetzmäßigkeiten festzustellen sind und wohin eine ungesteuerte Gesellschaft steuert. Wir hatten durchaus mit kritischen Situationen gerechnet, doch was machten die schon, es handelte sich schließlich nur um eine vir-*

*tuellexperimentelle Wirklichkeit. Nicht mehr als ein theoretisches Praxisäquivalent hatten wir geschaffen, ebenso imaginär und harmlos wie einst verblüffend lebensecht anmutende Reality-Welten. Es wäre auch einerlei, täten die Menschen einander etwas an, die schrecklichsten Massaker wären nichts als irrelevanter Schein, Hell und Dunkel gleichwertig, ebenso wie Gut und Böse. Alles gleichwertiges Nichts. Unvorstellbar war damals für mich, dass es das Nichts nicht gab. Heute weiß ich: Jede Idee lebt, alles ist.*

*Anfangs verlief unsere Simulation entsprechend den Erwartungen. Die generierten Impulse verdichteten sich, erhöhten ihre Komplexität, gerieten zu Leben. Gruppen, Gesellschaften und Kulturen etablierten sich, zerstörten einander, kamen wieder auf, erlebten Hochblüten und Niedergänge – ähnlich wie wir es aus den Anfängen unserer Geschichte kannten.*

*Die Menschen begannen, sich Gedanken über ihre Herkunft zu machen, führten ihre Entstehung auf allerlei Götter zurück. Es ist dem einen oder anderen Systemeingriff geschuldet, zu dem wir uns hatten hinreißen lassen. Die Epoche des Glaubens hielt ihrem Zeitempfinden nach Abertausende Jahre an, bis die Menschen feststellten, dass ihr Universum infolge eines – wie sie es nennen – Urknalls entstand. Seitdem rätseln sie, wie dieser Urknall zustande gekommen sein mag. Die einen glauben Gott dahinter, die anderen vermuten eine naturgegebene Zufälligkeit. Beide liegen demnach falsch. Richtig immerhin liegen sie, wenn sie von einer Schöpfung aus dem Nichts sprechen. Denn das, was sie Urknall nennen, ist der Moment, in dem wir ihr System hochfuhren; der Moment, in dem wir ihr Universum explosionsartig von null auf unendlich ausdehnten.*

*Dass sie den Urknall bemerkten, nötigte uns Respekt ab. Im Grunde sind die Menschen bereits unglaublich nahe daran, ihren Ursprung zu entdecken. Uns zu entdecken.*

*»Was wird es bei ihnen bewirken?«, fragte ich den Vorsitzenden. »Wie werden sie reagieren?«*

*»Wenn sie erkennen, dass sie nicht wirklich leben? Dass alles nur ... ein Spiel ist?«*

*»Es ist nicht nur ein Spiel!«, widersprach ich. »In gewisser Weise«, fügte ich sanft an, »sind die Menschen unsere Kinder. Vergiss nicht, wir schufen sie nach unserem Ebenbild, wie ihre Mythen es erzählen. Und viele von ihnen glauben nach wie vor an uns. Sie haben Vertrauen, nennen uns Gott, sie beten sogar zu uns.«*

*»Was verlangst du von mir, Malina? Ihre Erlösung? Sollen wir die Energie kappen und alle ins Licht schicken, wie sie zum Endimpuls so treffend sagen?«*

*Vielleicht wäre es das Beste, dachte ich und schloss*

*es zugleich aus. Es war nur so, ich fühlte mich zuneh-*
*mend schlecht, wenn ich ihr Leben besah. Dass es von*
*zu viel Leid und zu wenig Liebe geprägt war, beobach-*
*teten wir von Beginn an, aber seit so viele von ihnen*
*in die jüngste Entwicklungsphase eingetreten und*
*feinfühlig und damit verletzlich geworden waren, be-*
*reitete es mir regelrecht Schmerzen, ihren Kampf mit-*
*anzusehen. Sie alle steckten in ihrer Programmierung*
*fest und sehnten sich doch nach etwas Höherem, Rei-*
*nerem – nach einem Leben in Harmonie, nach einem*
*Leben wie dem unseren.*

*»Kann es sein, Malina«, sagte der Vorsitzende,*
*»dass du dich nur selbst befreien willst? Dass ihre Last*
*dir zu groß geworden ist? Für die Menschen selbst ist*
*ihr Dasein normal, sie tun nichts, um ihre Lage zu än-*
*dern. Sie sind, was sie sind, Malina. Sie wählen ihre*
*Wirklichkeit. Und an ihrer Stelle zu entscheiden, steht*
*uns nicht zu, darin waren wir uns doch einig.«*

*»Helfen wir ihnen, nur ein klein wenig, Vorsitzen-*
*der! Schicken wir ihnen einen Jesus, der ihnen Mut*
*gibt und sie leitet. Oder wir programmieren einen*
*neuen Buddha, schleusen einen Mohammed ein.«*

*»Malina, du bist kindisch.«*

*»Bitte, Vorsitzender!«*

*Er sah mich eindringlich an. Und ... durchschaute*
*mich.*

*»Du hast dich eingeklinkt, stimmt's Malina? Du hast die Regeln missachtet und die Menschen nicht bloß als Gesamtes betrachtet, sondern dich in Einzelne von ihnen eingeklinkt. Habe ich recht, Malina?«*

*Ich dachte an das Mädchen, dieses außergewöhnliche Mädchen, das meinen Namen trug.*

*Ich nickte.*

*Und musste mir anhören, dass ich dadurch meine Harmonie aufs Spiel gesetzt hätte, meine heitere Gelassenheit. Einzelschicksale zeigten klarerweise nicht die Gesamtheit, nicht die Wirklichkeit. Verständlich, dass ich verwirrt sei.*

*»Unser Nullimpuls war harmonisch«, betonte der Vorsitzende. »Der Endimpuls wird es ebenfalls sein.« Für das Dazwischen seien ausschließlich die Menschen verantwortlich.*

*»Vorsitzender«, gab ich zurück, »sie fühlen es. Die Menschen fühlen, dass da mehr ist. Sie fühlen … die Verbindung zu uns. Die Energie, mit der wir den Kosmos und damit sie schufen, unsere Energie, steckt in ihnen. Sie haben Anteil an uns, deshalb drängt es sie nach Schönheit und Harmonie, nur deshalb auch konnten sie sich zuletzt so entwickeln wie sie es taten. Nun stecken sie fest zwischen Wunsch und Wirklichkeit. Und sie tun es unseretwegen. Wir dürfen sie nicht alleine lassen!«*

*»Sie leben nicht«, entgegnete der Vorsitzende und*

*wandte sein Gesicht von mir ab. »Sie existieren nicht einmal«, ergänzte er – beinahe trotzig, wie mir schien. »Ihre Tode und Wiedergeburten sind nichts als evolutionäre Programmschleifen. Es gibt die Menschen nur in unseren Gedanken, Malina. Wir müssen ihnen nicht helfen.«*

*»Wie witzig sie oft sind«, sagte er plötzlich. »Manche sind so herrlich aufgeblasen und wichtigtuerisch, plärren herum, bekommen davon rote Köpfe und sind doch nichts weiter als bioelektrische Impulse.«*

*»Viele sind aber auch wunderbar herzlich«, fühlte ich mich bemüßigt zu sagen, »sie lieben, sind fröhlich, bereiten anderen Freude. Und sieh doch nur, was sie alles tun, um das Leben zu feiern: Sie singen, tanzen, malen, dichten Verse, schenken sich Oper, Theater, Literatur.«*

*»Wie absurd arrogant sie sind«, fuhr der Vorsitzende fort, als hätte er meine Worte nicht wahrgenommen. »Sieh sie dir nur an, Malina. Mit derselben Sicherheit, mit der sie dachten, ihre Erde sei eine Scheibe, denken sie nun, die Erde sei eine Kugel. Sie stellen mit blinder Gewissheit Naturgesetze fest, anstatt auch nur zu erwägen, dass es sich um unsere Rahmenprogrammierung handelt. Sie schlagen einander die Köpfe ein, lassen einander verhungern, beuten einander aus, sind darüber auch noch scheinheilig und fürchten sich vor dem Sterben anstatt vor der Geburt, vor dem Tod an-*

*statt dem ewigen Leben, das wir, Malina, ihnen zumuten!«*

*»Vorsitzender!«*

*Niemals zuvor war er laut und zynisch geworden. Ich griff nach seinem Handgelenk, blickte ihm in die Augen. Und da wusste ich, auch er hatte unsere Regel missachtet, auch er hatte sich eingeklinkt in einzelne Menschen und deren Gefühle.*

*»Wir müssen achtgeben, Malina. Die Menschen machen uns noch ...« Es versagte ihm die Stimme. »Sie erinnern uns an das, was wir glaubten, hinter uns gebracht zu haben. War es das, was du sagen wolltest, Vorsitzender? Die Menschen leben unsere eigenen, vergangen geglaubten Sehnsüchte und Schwächen.«*

*»Befreien wir sie«, stieß er unvermittelt hervor. »Und befreien wir uns von ihnen! Sie tun weder einander noch uns gut. Sie waren ein Fehler. Wir hätten sie nie denken sollen!«*

*»Sie lassen sich nicht einfach abschalten, hast du das noch immer nicht erkannt, Vorsitzender? Sie entstammen unseren Gedanken. Selbst wenn wir ihr System beendeten und sie für immer ins Licht schickten, lebten sie weiter. Die Menschen existieren nicht bloß in ihrem Kosmos, Vorsitzender, sondern auch in unserem. Sie sind ... in uns.« Der Vorsitzende sah zu mir.*

*»Wir haben den Menschen viel zu verdanken«,*

*sagte ich. »Fühlen wir durch sie nicht erstmals wieder den Schmerz des Lebendigseins, die Gezeiten der Existenz? Und ist ihnen nicht auch die Ahnung geschuldet, dass selbst wir bloß Erfindung sind? Reines Nichts. Und doch lebendig? Und unsere Schöpfer und Schöpfers Schöpfer womöglich ebenso, fortgesetzt in einer kosmischen Linie, einer uns allen unerreichbaren Ganzheit. Vermutlich wird es nicht mehr lange dauern, da werden die Menschen ahnen, welchen Ursprungs sie sind. Und zugleich werden wir mitansehen dürfen, wie die Menschen selbst, wie unsere Kinder zu Göttern anderer werden. Und irgendwann, vielleicht geschieht es, schließt sich der Kreis und wir alle erwachen aus unseren Träumen und erwachen ganz.«*

*Ich hatte lange gesprochen. Der Vorsitzende war währenddessen nur still bei mir gesessen und hatte meine Hände in den seinen gehalten. Nun nickte er leise.*

*»Malina«, flüsterte er. »Wie erträglich und schön. Wie erträglich und schön dank dir das Leben ist.«*

*19. August 1989: Beim sogenannten »Paneuropäischen Picknick« an der ungarischen Grenze zu Österreich wurde kurzzeitig ein Grenztor geöffnet. Hunderte angereiste DDR-Bürger konnten fliehen. Beobachter sprechen von einem ersten Riss im Eisernen Vorhang.*

»Und diese Leute haben das Mädchen tatsächlich wochenlang einfach in ihrem Zimmer gelassen? In diesem Zustand?«

»Ja, die leben in einem Zollhaus, direkt an der Grenze, mitten im Wald.«

»Mein Gott! Wie heißt der Hausarzt, der sie so spät zu uns überwiesen hat? Das wird Konsequenzen haben.«

Ich war in dieser Klinik gestorben. Und nahtlos darauf war ich wieder erwacht. Als Kind bestand für mich daran kein Zweifel.

Im Tod erkannte ich, dass alles gleichzeitig war. Es überraschte und beruhigte mich. Deshalb also waren mir in den Wachträumen Logik und Zeitenfolge durcheinandergeraten. Es hätte mich nicht verzweifelt machen müssen.

Im Tod erkannte ich zudem, dass Vielfalt nur scheinbar bestand. Alles entsprang, wenn ich mich richtig erinnere, einem Einzigen. Die unterschiedlichsten Dinge und Existenzen waren bloß Varianten, bloß Spielarten davon. Und da alles eins war, war: alles auch ich. Und da alles zeitlos war, war auch ich zeitlos. Es bedeutete, dass ich gestern, heute, morgen bin. Sämtliche Menschen, Lebewesen und Dinge bin ich.

Heute? Heute klingt das für mich ein wenig verrückt. Noch aber habe ich Anteil an jenem Gefühl, das mir sagt, es ist wahrhaftig so. Das kann heißen, dass ich nach wie vor fantasiere? Dass ich die Psychiatrie nie verlassen habe? Oder ich stecke in einem meiner Wachträume und bilde mir mein Leben nur ein? Nein, das würde ich merken. Ich bin sicher, es ist nicht so.

»Und wär's denn doch so, Grünschnäbelchen, wär's genauso echt wie alle anderen Leben. Ha! Lach doch drüber!«

**Wespen kamen zum alten Steintrog. Umtanzten ihn und tranken. Ein Kleiber lief kopfüber die Rinde der Weide hinab, flatterte zum alten Steintrog und trank. Ein Distelfinkweibchen kam hinzu, trank ebenso. Der Kleiber tauchte seine Schwanzfedern ins Wasser, badete, spritzte ausgelassen um sich. Das Distelfinkweibchen tat es ihm gleich. Dann stand der alte Steintrog wieder eine Weile unberührt. Pump frisches Wasser in den Steintrog, hatte Vater oft gesagt. Bis an den Rand, hatte er gesagt. Aber weshalb?, wollte ich wissen. Ist schön, antwortete Vater, wirst sehen, ist schön. Heute Nacht sah ich, sah's, als wär's taghell, Wespen tanzen um den alten Steintrog. Ein Kleiber und ein Distelfinkweibchen kamen hinzu. Alle tranken sie aus dem alten Steintrog. Schön war das.**

»Du musst im Hirn sortieren, was Realität ist und was Traum, meine Kleine, sonst kommst du da nie wieder raus, das sage ich dir.«

»Lassen Sie die Patientin bitte in Ruhe. Bitte gehen Sie wieder auf Ihr Zimmer.«

Ich wollte dieser Frau danken, die sich immer wieder aufs Neue in mein Zimmer schlich. Sie meinte es gut mit mir. Doch sie lag falsch. Im Traum ist alles in uns, das merke gewiss auch sie, wollte ich ihr sagen. Alle Farben, mehr als beim Wachen, alle Formen, Höhen, Tiefen, alle Dimensionen und Möglichkeiten, alle Welten, alle Wesen. Nicht schlafend während des Traums sind wir eingeschränkt, während des Wachens sind wir es. Während des Wachens vergessen wir uns.

All das wollte ich der freundlichen Frau sagen, die sich immer wieder zu mir stahl, doch die Müdigkeit wog zu schwer, drückte mich zurück in die Pölster. Der Schlaf, der sich vor mir auftat, schien wie aus unendlich tiefem Schwarz geformt. Das war kein Nichts, sondern fühlte sich an wie ein lebendiges Wesen. Ich spürte einen Sog von ihm ausgehen, der war angenehm, vielversprechend, und dann nahm er mich mit.

**»Existenz«, sagte der Käfer, der vom Fluss heimgekehrt war, »braucht weder Zeit noch Raum.«**

»Existenz ist überzeitlich und überräumlich«, be-
stätigte der Käfer, der vom Fels heimgekehrt war.

»Existenz – ein zeitloser Punkt, so klein, dass er
zwischen den Dimensionen oszilliert.«

»Exakt.« Sein Käferkollege nickte. »Berührt ein
Punkt aufgrund seiner tendenziell unendlichen Klein-
heit die Grenze von Positivum zu Negativum, wölbt
er jenseits dieser Grenze explosionsartig das Nichts
zu Raum, verharrt aufgrund seiner Schwingung zugleich im Diesseits.«

»So oszilliert die Existenz nun.«

»Existenzielles punktuelles Schwingen.«

»Zeitlos bis ...«, sagte der ein Käfer.

»Bis in alle Ewigkeit«, ergänzte der andere Käfer.

»Womit sie begründet ist, unsere Theorie ...«

»... der zeitlos grenzpunktuellen Existenz.«

»Bald in aller Munde als Endzeitpunkt-Theorie.«

»Papperlapapp«, sprach der Frosch, fuhr zweimal
blitzschnell seine Zunge aus und fort waren sie, die
zwei oberschlauen Käfer.


*23. August 1989: Über sechshundert Kilometer von Tal-
linn in Estland über Riga in Lettland bis nach Vilnius
in Litauen bildeten eine Million Menschen Hand in
Hand eine Kette, um für die Unabhängigkeit der bal-
tischen Staaten von der Sowjetunion zu demonstrieren.*

Nachts, als ich einsam in der Klinik lag, kam jemand zu mir, ich weiß nicht wer, und las mir vor. Erwartete nichts von mir, las nur vor aus einem Buch. Wenn das Lesen endete, bat ich in Gedanken um *einen Satz, ein Wort, eine Silbe nur noch.* Weil doch jeder Satz half und jedes Wort, ja jede Silbe alles war für mich.

Zuweilen dachte ich, dieses Buch sei mein Leben. Und manchmal konnte ich das eine nicht mehr vom anderen unterscheiden. Es war mir recht. Das Buch nämlich war mir wohlgesonnen, schien mich aufzunehmen. Jemand las daraus. Es musste jemand Guter sein. Wer solch ein Buch wählte und so daraus las, musste jemand Guter sein. Manchmal, ich glaube mich richtig zu erinnern, waren es Gedichte, die ich vorgelesen bekam, dann Geschichten, Romanhaftes. Doch gleich, was es war, immer schien dieses Buch eigens mir, nur mir zu erzählen.

**Ich wünsch dir, dass du das süße Rot
des Kirschbaums schmeckst.
Selbst wenn der Eiswind
all seine Blüten nahm.**

**»Wenn du nicht mitmarschierst mit ihnen, trampeln sie dich nieder«, sagte der Zyklop zu seinem zwei jährigen Zyklopenkind, das freilich noch nichts verstand, und streichelte ihm übers Rückenfell. »Wenn du nicht**

mitschweigst mit ihnen, schneiden sie dir die Zunge raus. Wenn du nicht mitnickst, schlagen sie dir ab den Kopf. Wenn du nicht mitlachst, da kennen sie keinen Spaß. Gehörst du nicht zu ihnen, sind sie gegen dich. Du, mein Kleines, wirst, wenn du heranwächst, verführt sein, wie sie zu werden. Ich aber werde dir zu nichts raten, so sehr lieb ich dich.« Der Zyklop nahm sein Zyklopenkind in den Arm, wiegte es sanft und blickte nach oben zur Höhlenwand.

*2. Oktober 1989: Abermals fand heute eine Montagsdemonstration in Leipzig statt, nun schon mit zwanzigtausend Teilnehmern. Und auch in anderen ostdeutschen Städten beginnt das Volk, auf die Straße zu gehen. Das Regime reagiert mit Verhaftungen.*

> Bevor sie schlafen ging,
> wusch die Sonne sich
> ihr Rot vom Leib.

> Nach Regen roch es gestern,
> doch heute Früh
> war warm das Gras.

»Und hier der nächste Schaukasten«, sagte der Museumsdirektor, ein hochgebauter Neurotroniker mit violettem Rüssel, der auf seine Witzigkeit nicht wenig hielt. Er war mittendrin in einer luziden Sonderführung für die Kinder privater Großsponsoren. Seine Programmatik allein hielt ihn davon ab, den Bengeln die Löffel lang zu ziehen, denn allesamt benahmen sie sich nicht, wie er glaubte, es vom Nachwuchs der Elite erwarten zu dürfen. Zwei, drei Undinen waren darunter, eine Elfe, ausgerechnet im türkisen Tutu, eine Fee, ein Satyr mit offensichtlichem Mutterkomplex, zwei Trolle, gleich fünf baumschlanke Dryaden, ein opakes, neunmalkluges Elementarwesen, zwei vorwitzige Heinzelmännchen, eine völlig abwesend wirkende Sylphe und drei Engel, wenigstens die verhielten sich halbwegs anständig. »Der nächste Schaukasten also«, wiederholte er und lächelte, um sich zu motivieren. »Oktant Beta acht, Distrikt sieben, Planet Erde. Auffällig hier: Wenn die Menschen eine Wahrheit entdecken, krallen sie sich daran wie wilde Tiere. Völlig kopflos sind sie dann. Für die Wahrheit tun sie alles: beten, töten, schmeicheln, lügen, verdrängen. Sie empfinden Wahrheiten, die sie zu ihren gemacht haben, wie einen Besitz. Damit lebt es sich gleich viel zurückgelehnter. Ja, auf so einem Polster Wahrheit schnarcht es sich ganz ausgedehnt.« Die silberhelle Unterlippe des Museumsdirektors pulsierte vor Heiterkeit. »Zuweilen schnarcht es sich solcherart um die achtzehnhundert Erdenjährchen. Das entspricht etwa zwölf Rotationsellipsen unserer Raumbewegungsrechnung. So lange dauerte es, bis sich die führende Spezies dort zu erinnern getraute, was sie einst dank eines gewissen Aristarchos bereits erfahren hatte: dass sich ihre Erde um ihre Sonne bewegte. Allerdings war ihnen das Gegenteil, dass nämlich die Sonne um die Erde kreiste, längst zu einer lieb gewonnenen Wahrheit geworden, die sie nicht bloß ihrer Falschheit wegen aufgeben mochten. Kopernikus und Galilei, die sich grob achtzehnhundert Jahre nach Aristarchos seiner Erkenntnis erinnerten, kennt heute jedes Kind. Aristarchos selbst ist vergessen. Es ist die Strafe der Menschen dafür, dass er sie zu früh aus ihren Träumen riss.«

Eine der kleinen Gören gähnte, es ärgerte den Direktor, worauf sein Quellcode dunkel anlief vor Wut. Programmierungsgemäß bewahrte er Contenance und schritt zum nächsten Schaukasten. »Abermals Oktant Beta acht, doch Distrikt neun«, sprach er, strich in intellektueller Manier über seinen Rüssel. »Numismatiker. Sind ähnlich einfältig und berechenbar wie die Erdenbewohner gerade vorhin.«

»Wo bin ich? Wo sind wir?!«

»Bleib ruhig, bleib nur ruhig und träume was Schönes, meine Kleine. Wache was Schönes, mein Kind.«

Berkeley, der alte Hund, winselte leise im Schlaf. Eben war ihm klar geworden, weshalb sein Herr niemals

Antwort gegeben hatte, wenn er ihn zu befragen suchte über Gott und die Welt. Der klarste Vers, wie entstellt wäre er worden, wie unkenntlich gemacht beim Gleiten durch das Sieb seines Verstands. Zu seiner, Berkeleys, Hundewahrheit wäre jeder hohe Sinn geworden, jeder Ton, jedes Bild, alle Schrift. Universell Gültiges hätte er sich vermeintlich zu eigen gemacht. Welch törichter Erfolg wäre es gewesen, welch falscher Reichtum.

Der Gedanke versöhnte Berkeley mit seinem lange abgängigen, stumm gebliebenen Herrn. Und der Gedanke versöhnte ihn auch mit sich. Eine Locke seines Fells kitzelte ihn am Ohr, die bewirkte einen neuen Traum.

Eine paracelsische Stimme lockte Berkeley: »Die Idee macht das Wort. Doch auch das Wort macht die Idee, drum suche es tausendreich. Suche es! Lauf drauf los, Berkeley, auf dass du erwachst. Lauf, Berkeley! Lauf!«

Und Berkeleys Beine bewegten sich zuckend im Schlaf.

Seht nur!
Mit welcher Leichtigkeit
die Schwalben durch die Himmel gleiten
Wie weit wir fliegen könnten,
höben wir unsere Schwingen nur.

*4. November 1989: Höhepunkt der Demonstrationen in der DDR. Mehr als eine halbe Million Menschen verlangen in Ost-Berlin nach Freiheit.*

*10. November 1989: Einen Tag nach dem Fall der Berliner Mauer wurde in Bulgarien der seit fünfunddreißig Jahren amtierende kommunistische Staatschef Todor Schiwkow zum Rücktritt gezwungen.*

*17. November 1989: Große Studentendemonstrationen in Prag. Tags zuvor kam es bereits zu Protesten in Bratislava. Beginnt nun auch in der Tschechoslowakei die Wende?*

Wie lange war ich fort gewesen? Ich weiß nicht. Mir liegt noch immer ein Schatten auf diesen Tagen. Oder waren es Wochen, Monate, Jahre? Ich habe keine Erinnerungen, denen ich traue, und auch kein Zeitgefühl. Jedes Detail aber, jede Kleinigkeit weiß ich von jenem Tag, an dem ich aus der Klinik entlassen wurde und endlich heim durfte. Ich kam zurück, als Schneeflocken langsam, unwirklich langsam, vom Himmel sanken. Von einem blendend hellen Weiß waren sie, jeder Kristall wie aus Licht gemacht. Und wie groß und doch wie leicht; als hätten sie sich beim Niederkommen mit Himmel satt gegessen.

Die Bäume rechts und links des Weges rückten schneebeladen nah an uns heran. Merkwürdig nur war, das kalte Weiß wuchs schneller, merklich schneller, als es fiel.

Seit dem Einbiegen in den Waldweg, der uns zur Grenze führen würde, fühlte es sich an, als liefen die Räder des Wagens über einen flauschig hohen Teppich. Wir waren die Ersten, die luftig eine Spur zogen durchs Daunenweiß. Ich blickte zurück, um die frischen Fahrrillen anzusehen, das Profil unserer Reifen im tiefen Schnee. Doch es war nichts zu sehen. Gänzlich unberührt schien die Welt hinter uns.

In einer Kurve schlingerte plötzlich der Wagen. Wir rutschten zur Seite, bedrohlich knapp – allen im Auto stockte der Atem – vorbei an einem Baum. Wenig später, auf einer Anhöhe, verloren die Räder erneut an Haftung, drehten sirrend durch und der Motor heulte auf.

Dieser viele frische Schnee wie aus dem Nichts, er galt mir. Es war ein Willkommensgruß. Als das würde ich ihn betrachten, so nach ihm greifen und ihn schmecken mit weit herausgestreckter Zunge, statt ihn als böses Omen zu fürchten, als Naturgewalt, die mir womöglich die Heimkehr verwehrte.

Auf der Rückbank neben mir saß Selatura, endlich wieder Selatura. Sie alle also, dachte ich und war verblüfft, als dächte ich es zum ersten Mal, sie alle also bin ich: Vater, der, blinzelnd gegen das blendende Weiß, den Wagen lenkte. Daneben Mutter, tapfer lächelnd. Meine Schwestern und Freunde, die im Zollhaus hinter atemfeuchten Fensterscheiben warten würden. Und ebenso all die anderen.

Deshalb fielen so oft ihre Bilder, Gedanken und Emotionen, ihre Leben in mich: Weil sie mir angehörten! Auch mein verstorbener Lehrer, dem ich noch einen Gefallen schuldig war. Und auch der tschechische General, den ich dafür würde aufsuchen müssen. Und auch – plötzlich sah ich das Bild vor mir und wusste, dass es gerade eben geschah –, auch der Kosake war ich und meine Schwester Lilli, die ihm in diesem Augenblick erlaubte – wieso tat sie das nur –, ihre Schenkel zu öffnen. Ich spürte es und schrie auf.

»Was hat sie schon wieder?«, erschrak Mutter.

Vater saß verkrampft hinterm Lenkrad und gab sich Mühe, ruhig zu bleiben. »Nur ein Traum. Sie ist nur kurz eingeschlafen. Sicher nur ein Traum. Wir sind gleich da.«

VIERTER TEIL

# Malinas Buch

*4. Dezember 1989: Welch ein historischer Augenblick!*
*In diesen Sekunden öffnet sich für alle Bürger die*
*Grenze zwischen der Tschechoslowakei und Österreich.*
*Dies – wir erleben es hautnah mit – ist das Ende des*
*Eisernen Vorhangs vor unserer Haustür.*

Wir erlebten überhaupt nichts *hautnah* mit. Bei uns
im Wald war alles ruhig, alles stinknormal. Nichts
rührte, nichts bewegte sich. Das sollte ein Ereignis
von historischer Tragweite sein? Das Ende der Tei-
lung Europas? Der Beginn freien Denkens und eines grenzenlosen Miteinanders?

   Wir, die wir der Grenze am nächsten waren, erlebten deren Ende wie im Halbschlaf. Wir rieben
uns die Augen bei den Nachrichten, gafften verdutzt
nach den Grenzsteinen und Warnschildern, die immer noch vor uns im Waldboden steckten, als wäre
nichts geschehen. Es war, als stellte uns jemand auf

die Probe. Würden wir ausreichend Interesse und Fantasie dafür aufbringen, was jenseits unseres Horizonts geschah? Oder waren wir aus Gewohnheit halsstarrig? Dann bestünde die Grenze weiterhin, bliebe Realität in unseren Köpfen.

Die neue Offenheit anzunehmen, wagten wir erst, als die Leitstelle entsprechende Befehle durchtelefonierte, die neue Wahrheit zudem schwarz auf weiß aus dem amtseigenen Faxgerät ratterte.

Ich ging nach draußen. Vor der Tür, in nebelig kalter Nacht, stand der Major und tat, als fröre er nicht. Eine Hand hatte er im Hosensack, mit der anderen führte er eine Zigarette an die Lippen. Eine Schwade aus Atem und Rauch mäanderte eine Weile vor seinem Gesicht, stieg dann zerfleddernd über seinen Glatzkopf und verschwand.

»Freust du dich, Onkel Horst?«

Der Major gab nicht gleich Antwort, sah zu mir wie kalt erwischt.

»Ich weiß nicht«, sagte er schließlich. »Ja ... ja, ich glaube, ich freue mich.«

»Aber?«, fragte ich.

»Keine Ahnung. Es ist ein merkwürdiger Tag heute, weißt du. Mir geht so viel durch den Kopf und ich kann gar nicht sagen was genau, weil es eben so viel ist.« Zögernd, als müsste er sich in

Acht nehmen vor mir, streifte er mich mit seinem Blick.

»Bisher, weißt du, war es einfacher. Ja, ich glaube, das ist es. Mit der Grenze war alles einfacher.«

»Aber ohne Grenze ist alles möglich, sagen sie in den Nachrichten.«

»Genau. Alles ist nun möglich. Das ist wahrscheinlich auch das Heikle an der Sache.« Erneut entließ der Major seinen Backen einen Schwall Rauch. Ich hatte nicht den Eindruck, als bereitete ihm das Rauchen Vergnügen. Er schien es zu erledigen wie eine lästige Pflicht.

»Warum rauchst du eigentlich, Onkel Horst?«

Der Major seufzte und ließ die Arme schlaff nach unten fallen. »Malina, bitte. Geh jetzt schlafen.«

Ich hatte keine Lust, schlafen zu gehen. Ich war aufgekratzt. Linste unbemerkt in den Gemeinschaftsraum, wo Vater mit seinem Freund Hans saß, beide eine Flasche Bier vor sich, beide darauf starrend, beide stumm.

»Verstehst du das Leben?«, fragte Hans unvermittelt.

Vater reagierte nicht, strich monoton über das Etikett der Bierflasche.

»Jede Nacht«, fuhr Hans fort, »legen wir uns schlafen, um für den nächsten Tag Kraft zu haben. Und was tun wir dann mit unserer Kraft? Wir bewachen eine Grenze, von der es jetzt auf einmal heißt, dass sie gar nicht mehr wichtig ist. Da frag ich mich schon, so generell, weißt du, was am Schluss übrig bleibt an Sinn.«

»Wir haben Kinder«, sagte Vater matt.

»Ja, stimmt schon, aber versteh mich nicht falsch, auch die Kinder ... und außerdem, was werden die einmal groß tun? Auf irgendeine Weise werden sie nichts anderes machen, als auch irgendeine Grenze zu bewachen, verstehst du, was ich meine? Ganz egal, ob sie Arbeiter oder Großunternehmer werden, eigentlich ist doch alles lächerlich.«

»Sei mir nicht böse, Hans«, Vater rückte knarzend mit dem Sessel zurück, »aber ich hab heute keine Kraft mehr für deine Philosophiererei. Und vielleicht überschreiten unsere Kinder ja einmal ihre Grenzen, anstatt sie nur zu bewachen. Mir übrigens«, im Vorbeigehen tätschelte er Hans die Schulter, »mir reicht ein Bier mit dir als Lebenssinn manchmal vollauf. Schlaf gut.«

*25. Dezember 1989: Rumänien. Zehn Tage nach dem Ausbruch von Unruhen und landesweiten Demonstrationen wurden Diktator Nicolae Ceauşescu und seine Frau Elena in einer Nacht-und-Nebel-Aktion nach einem Schnellverfahren von Armeeangehörigen erschossen.*

*29. Dezember 1989: Der Schriftsteller, Oppositionelle und Bürgerrechtler Václav Havel wurde heute von den Vertretern der Föderalversammlung zum neuen Präsidenten der Tschechoslowakei gewählt.*

Der Kommunismus war nur eine Illusion gewesen. So wie auch der Eiserne Vorhang nur eine vorübergehende Erscheinung gewesen war und kein Naturgesetz, wie manche versucht hatten, uns weiszumachen. Welches Naturgesetz wohl als Nächstes den Geist aufgibt? Welche Grenze wohl als nächste fällt?

Die Welt war zweigeteilt gewesen und halbwegs überschaubar. Doch ab sofort war das vorbei. Und obwohl sich die Veränderung direkt vor unseren Augen abgespielt hatte, verstanden wir ihr Kommen und Werden erst Jahre später. Reportagen und Bücher erst ließen uns erkennen, was unmittelbar um uns geschehen war. Und langsam wird mir bewusst, dass ich selbst mein eigenes Leben, wenn überhaupt, nur dank Büchern verstehen werde. Nach und nach, so scheint es, lerne ich mich kennen dank ihnen. Wir begegnen einander und sie erzählen, obgleich sie doch von anderem handeln, stets von mir.

Es begann gewiss damit, dass mir vorgelesen wurde, als ich in dieses Krankenhaus gebracht worden war, weit weg von daheim. Ich erinnere mich nicht an vieles, aber eines weiß ich: Es ging mir nicht gut damals.

Meine Tage und Nächte verbrachte ich wie im Dämmerzustand. Nie gelang es mir ganz, Kontrolle zu erlangen über mich. Und irgendwann lag mir auch nichts mehr daran. Ich maß dem Leben kaum noch Bedeutung bei, hatte keine Kraft mehr übrig.

Am klarsten glaube ich mich an meinen Tod erinnern zu können und an die Gewissheit damals, dass er kein letztgültiges Ereignis war, sondern sich mit dem Leben in unendlichen Zeitschleifen abwechselte. Ich wehrte mich gegen diese Ewigkeit, die mir die Hölle schien, wehrte mich, bäumte mich auf, suchte nach Halt, doch vergebens. Es war wie der Kampf eines losen Blattes inmitten des Sturms.

Immer und immer wieder ließ der Tod mich sehen, dass ich nie sterben würde, das Leben mich wissen, dass es nicht bestand. Leben und Tod, sie waren nichts weiter als zwei einander ergänzende Illusionen.

Wenn ich zwischendurch zu mir kam, folgte nach kurzer Freude über das Erwachen jäh dieselbe Angst: dass dies ja doch wieder und immer wieder nur ein Trugschluss war, bloß eine weitere Zeitschleife, eine weitere Einbildung von dem, was wir geregelt Tag nennen, geregelt Nacht.

Halt gab mir, ich sagte es vielleicht schon – tat ich es? –, dass ich vorgelesen bekam. Nur die Stimme dieses Buches ließ mich hoffen, nicht alleine zu sein. Und dass da jemand war, der achtgab auf mich.

Zuweilen war mir, als enthielte ausschließlich dieses Buch noch mein Leben. Und bald schien mir alles möglich, die verrücktesten Dinge, und ich getraute mich auch nicht mehr auszuschließen, dass ich es gewesen war, die dieses Buch, wenn schon nicht verfasst, so doch irgendjemandem diktiert oder erzählt hatte und mir also mein eigenes Buch vorgelesen wurde, und ich staunte über jenes mir so bekannt geglaubte, fremde Ich.

Die Stimme, die vorlas, konnte ich niemandem zuordnen, sie zerfloss mir während des Hörens. Selbst der Inhalt des Buchs zerfiel in meinem Kopf in auseinanderstiebende Teilchen. Das Gefühl aber, dieses Gefühl, das jenes Buch in mir schuf, hielt meine Hoffnung am Leben. Diesem Buchgefühl vertraute ich. Vertraute ihm anstelle meiner.

Ich denke, niemand kann sich seiner gewiss sein. Bücher aber, und besonders Romane, irren nie. Romane lügen auch nicht, nur Menschen tun das. Romane hingegen können gar nicht lügen oder irren, denn nie behaupten sie, richtig zu liegen. Das und ihre Offenheit macht sie so treffsicher, so präzise. Ich kann es mir selbst nicht ausreichend erklären, aber immer wieder überrasche ich mich mit der Ahnung, dass mein Leben erlöschen würde ohne diese Zeilen. Aus ihnen spricht selbst heute noch, so lange danach, jene freundliche Stimme zu mir, die mich glauben lässt an mich.

»Nun ist ja alles wieder in Ordnung«, sagte Mutter, das zweite Mal nun schon nach meiner Rückkehr. Nicht nur die Wiederholung machte mich misstrauisch, auch der etwas zu heitere Ton. Vielleicht täuschte ich mich, aber für mich klang ihr Satz nicht nach Erleichterung, sondern nach einer Aufforderung, dass nun ein für alle Mal Schluss sein müsse mit meinen Verrücktheiten.

»Schön, dass es dir wieder gut geht«, fuhr Mutter fort, »du fantasierst auch nicht mehr im Schlaf. Wir haben uns große Sorgen gemacht, Malina. Du hast geschwitzt, getobt, hast schlimme Krämpfe gehabt. Kannst du dich denn an irgendetwas erinnern? Es war auch für uns eine Belastung. Dein Aufstöhnen, dein Schreien und Sprechen im Halbschlaf. Weißt du noch, mit wem du geglaubt hast zu reden?«

»Mit Selatura«, gab ich zur Antwort. »Aber es war nicht im Schlaf, es war wirklich.«

Mutter hob die Augenbrauen und blickte zu Vater. Der aber saß nur da und schien uneins mit sich. Also sprach Mutter weiter, heiter wie mit einem stupiden Kleinkind: »Macht ja nichts, Malina. Wie auch immer. Und jetzt ist Selatura ja weg.«

»Selatura ist nie weg«, antwortete ich.

»Wenn du daran glaubst, ist es sicher so.«

»Ja«, sagte ich und erfand dann aus Trotz und freilich unnötigerweise: »Das nächste Mal nimmt Selatura wieder ein Buch mit. Es wird ein besonderes Buch sein, Selatura hat es mir versprochen. Es wird ein Buch über mich sein und alles wird darin stehen, was ich erlebt habe und wie alles ist, und wenn es in einem Buch steht, werdet ihr es mir glauben müssen.«

»Aha.« Mutter gelang ein gönnerhaftes Lächeln. »Gut, Malina, das können wir uns ja anschauen, wenn es so weit ist.«

»Genau«, gab ich schnippisch zurück und verzog mich auf mein Zimmer.


Die ersten Tage nach meiner Heimkehr hatte ich mich noch wie schwebend gefühlt, wie mit einer neuen Energie versehen. Dann verlor sich die Außergewöhnlichkeit.

Alle gaben sich große Mühe mit mir. Vater erfüllte mir auch den Wunsch, mich zum tschechischen General zu bringen. Ich erzählte ihm vom Tod Herrn Sochers, meines lieben Lehrers, doch als der General dessen Namen hörte, schoben sich Falten in seine Stirn.

»Ich weiß, er muss irgendetwas Schlimmes gemacht haben«, sagte ich zum General und hatte das

Bedürfnis, meinen alten Lehrer zu verteidigen. »Zu mir«, betonte ich, »war er immer sehr nett. Er hat sich verändert seit damals, als Sie ihn kannten. Gebessert«, ergänzte ich umständlich.

Doch der General presste nur die Lippen aufeinander.

Also rückte ich zu ihm und flüsterte Wort für Wort, was mein Lehrer mich gebeten hatte auszurichten: »Lieber Milan, alter Freund, bitte verzeih mir. Ich habe dich hintergangen. Bitte, bitte verzeih. Es tut mir sehr leid.«

Schlagartig holte den General die Vergangenheit ein. Er schaffte es nicht, meinem Blick standzuhalten.

Als er sich mir wieder zuwenden konnte, nickte er nur. Schließlich sagte er mit erdrückter Stimme: »Dobře. Ich verzeihe ihm. Natürlich ich verzeihe ihm.«

Müde lächelte er.

Ich wusste nicht, was sich damals zwischen den beiden zugetragen hatte. Und den General zu fragen, fühlte ich, stünde mir nicht zu.

Vater und ich wollten uns eben verabschieden, da lachte der General laut auf. »Auf Dachboden im Zollhaus haben wir uns geschlagen, er und ich. ... Na, dein Lehrer, dein Lehrer und ich. Blutjung waren wir. Er hat sympathisiert mit Nazis, der Idiot, blbec!, und ich, na ich bin ein Jude. Aber nicht nur deshalb wir haben uns geschlagen.«

»Kristyna«, sagte ich. Der Name war hinter meiner Stirn aufgetaucht, als der General vom Kampf auf dem Dachboden erzählte.

»Malina, woher weißt du?«

»Ich habe euch kämpfen gesehen«, sagte ich und versuchte, mich zu erinnern. »Es war in einem meiner ... Zustände«, ergänzte ich und wich Vaters Blick aus. »Ihr habt euch angeschrien. Und ihr hattet Angst um ein und dasselbe Mädchen: Kristyna. Ihr wart beide in sie verliebt.«

»Ja, es war wegen Kristyna«, flüsterte der General. »Wegen ihr wir haben uns geprügelt fast bewusstlos. Ich habe gewonnen den Kampf. Aber er hat gewonnen Kristyna.«

»Sie ist auch bei ihm nicht geblieben«, sagte ich, weil ich es vor mir sah.

Der General blinzelte, überrascht, aber auch als wäre es nicht von Belang. »Nie wieder habe ich gesehen die beiden«, sagte er. »Die Grenze war dann zwischen uns. Mein Gott, wie jung, wie jung wir waren!«

Kristyna, überlegte ich, als wir auf dem Rückweg waren, so hieß doch auch jene Großmutter, von der uns gesagt wurde, dass sie gestorben sei. Ein einziges Mal, glaube ich, hatten wir Kinder sie zu Gesicht bekommen. Am besten erinnere ich mich daran, welche Energie von ihr ausging. Und dass sie wie eine elegante Dame einen Pelz getragen hatte und eine opal funkelnde Perlenkette. Ums Handgelenk aber trug sie ein Lederband, an dem, jetzt weiß ich es wieder genau, an dem bunte Papageienfedern hingen, die flogen wild durcheinander als sie klatschte, ja, sie hatte uns Mädchen aufgefordert zu tanzen, so ungestüm zu tanzen, wie wir nur konnten.

Danach haben wir sie nie wieder gesehen. Einmal hieß es, sie lebe weit weg irgendwo, weil sie Schande über die Familie gebracht habe. Kristyna, ja, das war ihr Name gewesen. Kurz erwog ich, Vater nach ihr zu fragen, doch er wirkte in sich gekehrt, schien in irgendwelche Gedanken vertieft. Nebeneinander gingen wir zurück durch den Wald.

Wenn Mutter oder Vater während ihrer Besorgungen im Ort gefragt wurden, ob bei mir nun wieder alles *normal* sei und meine *Spinnereien* vorüber, taten sie, als handelte es sich um nichts weiter als längst vergessene Albernheiten. »Ach, das hat sich ausgewachsen«, warfen sie beiläufig hin.

Ich spielte mit. Behielt für mich, dass mir weiterhin sonderbare Dinge erschienen und ich in die Köpfe und Leben anderer sah, was ich allerdings allmählich in den Griff bekam. Wie eine Schleusenwärterin verstand ich es, mich zu öffnen, wenn mir danach war, und mich anschließend wieder abzuschotten. Ohnehin zeigten die Szenen, die mir erschienen, meist nur Banalitäten. Ich wusste beispielsweise vorab, wer im Wirtshaus welche Speisen und Getränke bestellen würde, kannte auch im Voraus Wort für Wort jenen Satz, der während eines Gesprächs als Nächstes fiel.

Im Großen und Ganzen jedenfalls verlief unser Leben beim Zollhaus recht beschaulich. Und ich hatte gelernt, es zu machen wie die anderen, verschloss die Augen vor allem, was nicht sein sollte. Immer leichter fiel es mir. Mein Verrücktsein schien sich tatsächlich auszuwachsen.


Rutschten Ereignisse in meinen Kopf, die mich früher verzweifelt gemacht hätten, gelang es mir nun, sie beiseitezuschieben, als gingen sie mich nichts an. Mein Trick war, mir einzureden, dass das, was mir erschien, nicht real war.

Einmal erlebte ich mich als Buben, stand verloren in unserer Straße. Ich sehe Vater, er stürzt aus unserem Frisiersalon. Sofort bemerke ich die Panik in seinen Augen. Vater rennt auf mich zu, deutet mir etwas, aber ich verstehe nicht, und gleich darauf: dieser schreckliche Donner. So wuchtig, dass er

Vater vor meinen Augen verschwinden lässt. Unmittelbar darauf ist es leise in mir. Wie leise. Still, als wäre ich in mein Innerstes gerutscht. Nur noch das Rauschen meines Blutes höre ich, das pochende Rauschen meines schnellen Blutes.

Danach, ich zittere, klatschen Mutter und ich in einem schwarzen Schlauchboot übers aufgewühlte Meer. Auch viele andere sind da, schrecklich eng ist es und Wasser schwappt kalt auf uns. Papa ist nicht bei uns, kann uns nicht beschützen.

Mama? Mama! Ich spüre dich nicht mehr. Mama, nicht auch du! Bist du aus dem Boot gefallen? Mama! Lass mich nicht allein!

Ich muss mich zusammenreißen, das sind nur Bilder, nur Gefühle, das alles ist nicht echt. Nur Fantasien, die hinter meiner Stirn aufblitzen. Da ist ja auch schon eine neue Empfindung. Wieder eine Angst, doch unterschiedlich zu der vorhin. Es ist, ich spüre es, eine mich foppende, mich unleidlich und aggressiv machende Angst. Ich habe nichts gegen diesen Buben, der ich gerade war, aber all diese Flüchtlinge! Zu viele, viel zu viele sind es, wir müssen uns wehren, sie überschwemmen uns, bedrohen uns, nehmen uns alles!

Sind das Bilder einer kommenden Zeit? Dieses Gegeneinander, endet es nie? Diese Sprachlosigkeit? Der Kampf von mir gegen mich?

*... dass die wichtigste Anforderung, vor welche Europa sich heute gestellt sieht, in einer unmissverständlich klaren Selbstreflexion der europäischen Identität besteht. In einer Artikulation europäischer Verantwortlichkeit. In einer neuen, wahren Sinngebung der europäischen Integration sowie aller ihrer Zusammenhänge in der Welt von heute. Kurzum: In der Wiedergewinnung unseres Ethos.*

»Malina!«, schrie Vater. »Komm schnell!«

Als ich ins Wohnzimmer gelaufen kam, kniete Vater auf dem Boden, keine Armlänge entfernt vom Fernseher, und tippte aufgeregt mit dem Zeigefinger gegen den Bildschirm.

»Das da ist der tschechische Präsident Václav Havel, er hält gerade eine Rede vor dem Europäischen Parlament, und das, warte ... gleich ist er wieder im Bild ... warte ... warte ... ... ... Da!«, rief Vater. »Da! Siehst du ihn?! Malina, siehst du ihn?!«

Tatsächlich. Nahe des Präsidenten stand – ohne Zweifel, er war es – unser Freund, der tschechische General. Er trug keine Uniform, sondern einen eleganten dunkelgrauen Anzug. Wohlwollend blickte er zu Havel. Offensichtlich bewachte der General nicht länger die Grenze, sondern jenen Mann, der für deren Öffnung gesorgt hatte, jenen Menschen, der bewiesen hatte, dass Worte die Welt verändern können. Gerade lachte Václav Havel. Hinter ihm stand der General, unser General. Und als sähen in diesem Augenblick nicht nur wir ihn, sondern als bemerkte plötzlich auch er uns, hob der General überrascht und doch so, als hätte er den Moment kommen sehen, lächelnd und wie uns grüßend das Kinn.

Vater und ich blieben bis zum Ende der Übertragung vor dem Fernseher knien. Doch unser Freund kam nicht wieder ins Bild.

Viele Jahre später, im Wald einmal. Da zeigten wir Freunden die alte Grenze. Meine Schwester Lilli war auch dabei und ihr Mann, mit dem sie seit damals noch immer zusammen war.

»Es ist nicht von ihm ausgegangen, damals«, sagte Lilli einmal zu mir, als wir zu zweit am Küchentisch saßen, beide etwas angetrunken, und sie erstmals bereit war, darüber zu sprechen. »Ich wollte verhindern«, sagte sie, »dass er unsere Familie zerstört.« Meine Schwester musste mir nicht erklären, dass sie vom Kosaken redete. »Er hat mir versprochen, dass er Mama nie wieder trifft, auch nicht, wenn sie ihn drängt.« Lilli leerte das Weinglas in einem Zug, stellte es zum Nachschenken vor mich auf den Tisch. »Dafür«, ihr Gesicht war hart, »dafür habe ich ihm erlaubt, dass er mit mir schläft.«

Nun saßen die beiden wenige Meter vor mir in

der Wiese. Ich beobachtete meine erwachsene Schwester und ihren Ehemann, wie sie die Picknickdecke glatt strichen. Sie wirkten tatsächlich so, als wären sie glücklich.

Wir hatten vor, im Freien zu übernachten. Neben meinem Teich aus Kindheitstagen schlugen wir Zelte auf, entfachten ein Lagerfeuer. Wie eine große Familie waren wir.

Vermutlich trank ich zu viel diese Nacht. Mitten im Schlaf überfiel mich mein vergangen geglaubtes Leben. Warum ausgerechnet hier und jetzt, nach all den Jahren? Waren das Erinnerungsfetzen? Albträume? Nass geschwitzt schreckte ich hoch, glaubte Sterne am Himmel zu sehen, doch das war unmöglich, ich lag ja im Zelt.

Ich kippte zurück, schlief wieder ein, erlebte einen neuen Traum.

Vater. Er sieht älter aus. Krank vielleicht? Aber es ist, ist ja nur ein Traum. Ich sehe Vater über mir in diesem Traum, mache mir Sorgen um ihn. Spreche ich davon? Papa, plötzlich bist du es, der besorgt aussieht. Kann es sein, … dass ich wieder im Krankenhaus bin? Dass ich dort liege und du mich betrachtest? Murmle ich gerade etwas, das dir, Papa, meine Lage bewusst macht? Hast du gerade die Hoffnung, wieder einmal die Hoffnung, Papa, dass ich zurück zu dir ins Leben komme? Ist das überhaupt noch ein Traum? Ich bekomme Panik, erinnere mich: die Klinik damals. Ich habe mich gewehrt, wurde hinuntergezogen in eine Spirale aus Zeit. Endlose Tode und Leben. Nein, bitte nicht! Ich strenge mich an wie damals, will entkommen, zwinge, zwinge, zwinge mich! Und wache wirklich auf.

Du musst im Hirn.
Sortieren.
Was.
Realität und Traum. Ist.
Meine Kleine.
Sonst kommst du da.
Nie wieder.
Raus.

Gerade noch schien mir, dass jene Nacht lange zurückliegt? Aber das ist doch jetzt! Oder?

Zukunft kommt nicht.
Vergangenheit vergeht nicht.
Was du dir vorstellen kannst, geschieht.
Kopfgepolsterte Wirklichkeit.
Alles ist.

Es zieht mich schon wieder nach unten. Diesmal aber – wie erschreckend sicher ich plötzlich bin! – wäre es für immer. Ließe ich jetzt mich fallen, wäre es unwiderruflich.

Wäre es der Himmel? Die Hölle?

Es wäre das Nichts. Ich bin gewiss, als hätte ich es einmal schon erfahren; gewiss, als wäre *ich* dieses Nichts gewesen.

**Und in mir wohnte**
**kein Funke Freude**
**und kein Funke Leid,**
**nicht einmal stille Einsamkeit.**

Vorhin aber, wie schön, war noch jemand bei mir. Jemand las vor für mich. Es musste jemand Guter, jemand Lieber gewesen sein.

»Berkeley! … Berkeley, so wach doch auf!«

»Du musst aufwachen. Komm zu dir, Berkeley!«

Wie schwer. Wie schwer ich schon wieder bin. Wie das Dunkel an mir zieht. Weich und seidig nur noch erinnere ich mich, wie sehr ich ersehnte, ganz aufzuwachen. Hellwach wollte ich sein. Die Augen wollte ich aufschlagen, bitte die Augen aufschlagen und so energiegeladen und so glücklich und so dankbar sein wie niemals zuvor. Frische

Waldluft wollte ich atmen und meine im Wind schaukelnde Krähenfeder berühren. Fantastisch wollte ich mich fühlen, ja so unglaublich gut, als könnte es gar nicht wahr sein. Leben wollte ich. Leben!

Loses Blatt im Sturm. Mich hergeben, fallen lassen. Und sei es ins Nichts.

Kein Wehren mehr. Loses Blatt. Loses Blatt im Sturm.

Ist das wirklich?

Bist *du* das, Leben?

Wie hoch, wie weit ich schon bin! Gleich jenseits des Horizonts.

Selatura! Zenon!

...

*»Schick ihr den Vater! Bitte, Vorsitzender!«*

*»Aber Malina ...«*

*»Tu es!«*

*»Aber ...«*

*»Tu es! ... Du tust es jetzt, Vorsitzender! Du tust es jetzt für mich!«*

*»Jetzt!«*

\* \* \*

Frühling. Im alten Zollhaus saß im obersten Stock, in jenem Zimmer, das zur Grenze hinwies, ein Mann am Bett seiner Tochter. Leise wimmerte sie im Schlaf.

»Schon gut, alles gut, Grünschnäbelchen. Morgen Früh komme ich ja wieder. Ich werde dein Flügelfenster öffnen, ganz weit, so wie du es magst. Frische Waldluft wird hereinströmen und deine schöne Krähenfeder wird sich schimmernd in der Morgensonne drehen. Alles gut. Alles gut, Grünschnäbelchen.«

Malina schnaufte durch, wie erleichtert, gerade so, als hätte sie verstanden. Ihr Atem beruhigte sich.

Ihr Vater hatte ihr vorgelesen, wie all die anderen Male. Einen Satz, ein Wort, eine Silbe nur noch. Nun saß er still bei ihr und schaffte es nicht zu gehen. Musste plötzlich lächeln. Und wunderte sich gleich darauf über dieses Lächeln. War denn etwas anders als sonst?

Er glättete den Deckensaum. Betrachtete seine Tochter. Strich behutsam einmal noch über ihr Haar, einmal, einmal, einmal noch.

»Morgen, Malina ... morgen Früh«, flüsterte er. Und schloss dann das Buch, von dem er hoffte, sie habe es gern.

# Danke

Saskia und Wolfgang, für euren freundschaftlichen Rat, all die Jahre nun schon.

Danke Eva für den Impuls zu diesem Buch, das letztlich ein anderes wurde, als wir beide vorhergesehen hatten.

Ganz besonders aber: Danke Malina, Selatura, Zenon, Berkeley.

Leseprobe

THOMAS SAUTNER

die älteste

ROMAN

atb

# Nach dem Anfang

Das Leben kann auf die verrücktesten Arten gelingen, auf eine aber misslingt es immer. Deshalb stehe ich heute hier, die Füße im kalten Wasser dieses tiefdunklen Teichs und neben mir krümmt sich die Alte und lacht. Sie zieht an ihrer Selbstgedrehten und schüttelt den Kopf, als hätte sie niemals etwas Witzigeres gesehen als mich. Seit zehn Minuten, vielleicht seit fünfzehn, keine Ahnung, die Uhr hat sie mir bei meiner Ankunft abgenommen, stecke ich hier fest, splitternackt und doch irgendwie angezogen, verpackt in eine Schicht allmählich trocknenden Torfschlamm.

Ja, schon gut, sage ich, weil die Alte erneut loslacht, bewege dabei kaum den Mund, da selbst mein Gesicht schwarzgrau einzementiert ist und ich fürchte, die Hülle zum Bröckeln zu bringen. Ja, ich weiß, sage ich mit geschürzten Lippen, ich sehe aus wie ein paniertes Karpfenweibchen.

Hierher zu ihr in den Wald gekommen war ich, weil ich zum ersten Mal in meinem Leben nicht mehr weiterwusste. Krebs, sagten die Ärzte, unheilbar.

In jener Nacht, in der ich beschlossen hatte, den Kampf aufzugeben und stattdessen für jene Dinge vorzusorgen, die nötig wären nach meinem Tod, träumte ich einen obskuren Traum. Ich war schwerelos, schwebte in einer weiten, dunklen Blase, die von einer angenehmen schwarzen Unendlichkeit umschlossen war. Ich, es war mir ganz selbstverständlich, war das Zentrum des Universums. Mir war bewusst, dass ich träumte, und ich hielt die Augen geschlossen, um diesen Zustand nicht zu verlieren. Ich genoss das Schweben und Fühlen und Erkennen in meiner Blase und beobachtete mit insektenscharfen Sinnen die Sternenkonstellationen rund um mich, die Planeten bei ihren Ellipsenbewegungen, ihren Achsendrehungen. Die Bilder waren von einer überwältigenden, kristallklaren Schönheit, da streckte plötzlich eine alte Frau neben mir die Füße aus und rülpste herzhaft. Na, du Nabel des Universums, wie hältst du es mit dir? Ich erwachte. Erstmals seit Wochen entkam mir ein Schmunzeln.

In den Morgenstunden dann, der Traum begann langsam zu verblassen, rief Barbara an, meine beste Freundin. Sie erzählte aufgeregt und etwas umständlich von einer Bekannten, die eine Bekannte habe, die ein Wochenendhaus im Waldviertel bewohne, und diese Bekannte ihrer Bekannten habe von einem alten Weiblein gehört, das im Wald hause und zu dem die lokale Bevölkerung pilgere, wenn die Ärzte versagten. Die Alte sei zwar ruppig, kenne aber stets eine Lösung. In einer Zeitung sei auch schon darüber geschrieben worden. Sie wisse schon, beeilte sich Barbara, dass ich von Heilerinnen und Kurpfuschern nichts mehr wissen wolle, aber …

Gut, unterbrach ich sie. Ich fahre hin. Finde raus, wo die Frau lebt.


Wenige Stunden später war meine Festigkeit gebrochen. Ich hatte nicht die Geduld aufgebracht, Barbaras Rückruf abzuwarten und war im Internet auf den Zeitungsartikel über die Einsiedlerin gestoßen. Allem Anschein nach handelte es sich um keine reale Person, sondern um eine Sagenfigur.

Im Waldviertel, hieß es am Rande eines Essays im Literaturteil, kursiert die Geschichte einer kauzigen, doch hellsichtigen Greisin. Sie lebte im Wald und weil sie für ihre schlauen Ratschläge bekannt war, wurde sie einmal von einem jungen Mann aufgesucht. Er klopfte an die Tür der Alten und als sie öffnete und sich etwas mürrisch erkundigte, was er denn hier in der Einschicht bei ihr wolle, antwortete der Besucher wahrheitsgemäß, er suche nach dem Glück. Die Alte wandte sich um, sah in die Ecken ihrer winzigen Hütte und sagte: Du kannst wieder gehen, hier ist es nicht.

Lass dich doch nicht von einer Geschichte in einer Zeitung verunsichern, sagte Barbara über eine Geschichte in einer Zeitung, mit der sie kürzlich noch geworben hatte. Sophie, beschwor sie mich am Telefon, die Frau gibt's wirklich. Ich weiß auch schon, wie wir hinkommen. Ich fahr dich!

Zwei Stunden später saßen wir in ihrem alten Škoda Fabia. Ich hatte für eine Woche gepackt. Selbst wenn wir die Alte nicht finden würden oder ihr Besuch sich – wie zu erwarten – als Reinfall herausstellen sollte, wollte ich mich ein paar Tage zurückziehen, mir Zeit nehmen für mich und … und meine Vorkehrungen.

Wir nahmen die Nordbrücke raus aus Wien, hielten uns Richtung Prag, ließen Stockerau hinter uns, Maissau, Horn, Göpfritz. Es wollte kein rechtes Gespräch aufkommen. Zumeist sahen wir wie betäubt aus dem Fenster, ließen die spätsommerliche Landschaft vorbeiziehen. Es war, als brächten wir etwas Schönes unwiederbringlich hinter uns und als kündeten die abgeernteten Felder und die sich zu verfärben beginnenden Bäume am Straßenrand vom Ende einer gemeinsamen Zeit. Vielleicht gingen Barbara dieselben Gedanken durch den Kopf wie mir, dass es ausgemachter Schwachsinn war, was wir vorhatten, dass es rational betrachtet vergeudete Zeit war, vergeudete Hoffnung. Doch was mich betraf, pfiff ich mittlerweile auf rationale Betrachtungen. Rationale Betrachtungen nämlich führten mir vor Augen, dass meine beiden kleinen Kinder und mein Mann in ein paar Monaten gezwungen sein würden, in ein Erdloch auf meinen Sarg hinunterzustarren. Irrational betrachtet hingegen hatte sich eine alte

Frau in meinen Traum begeben, die für meine fantastischen Universumsbilder nicht mehr übrig hatte als ein sorgloses Rülpsen. Es schien mir eine geradezu köstliche Einstellung zum Leben, zu unserer Welt, unserer beschissenen rationalen, ungerechten, sinnlosen Welt. Barbara reichte mir ein Papiertaschentuch, tätschelte mir den Oberschenkel. Wir sind bald da, sagte sie.

Zwei Stunden waren wir gewiss schon unterwegs. Barbara, die Chaotische, die Zerstreute, die zu Verabredungen immer zu spät kam und simpelste Treffpunkte durcheinanderbrachte, hatte die Fahrtroute altmodisch aber akkurat auf einem Zettel skizziert, die Kreuzungen, an denen wir abbiegen mussten, säuberlich notiert. Konzentriert und verlässlich brachte sie uns voran. Ich verspürte einen Stich im Herzen. Ihre Art, wie sie dicht hinter dem Lenkrad saß, unbeholfen vorgebeugt, um nur ja keine Fehler zu machen, rührte mich. Sophie, heul nicht schon wieder, bat sie, wir machen das schon, sagte sie in hoffnungsfrohem Ton und musste anhalten, weil sie selbst mit einem Mal nichts mehr sah wegen ihrer Tränen.

Nachdem wir ein weiteres Mal abgebogen und durch eines der niedergeduckten Dörfer gekurvt waren, glitten wir in einen dichten Wald. Barbara reduzierte das Tempo, hielt Ausschau, klebte mit der Nase an der Windschutzscheibe. Und lenkte den Wagen schließlich nahe eines Hubertuskreuzes in einen Forstweg. Hier parken wir, sagte sie.